173.
сб. е.

TABLE MÉTHODIQUE

DE

L'ENCYCLOPÉDIE MODERNE.

TABLE MÉTHODIQUE

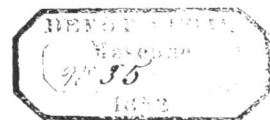

DE

L'ENCYCLOPÉDIE MODERNE,

PAR

L.-J. HAMARD.

LAVAL,

Imprimerie de J. Feillé-Grandpré, rue Renaise, 44.

—

1852.

PRÉFACE.

Toute personne qui a reçu de l'instruction sent le besoin de développer ses idées, d'augmenter ses connaissances, soit dans les *sciences*, soit dans les *arts*.

Il n'est pas de profession dans laquelle on ne désire se mettre à la hauteur des connaissances de son époque; et, pour cela, il faut acheter de nombreux ouvrages, dépenser beaucoup d'argent.

Afin de mettre la science et les arts à la portée du plus grand nombre possible, tout en évitant de trop grandes dépenses et des pertes de temps en recherches laborieuses, une société d'auteurs distingués, sous la direction de monsieur *Courtin*, publia, de 1824 à 1834, l'*Encyclopédie moderne* ou *Bibliothèque universelle* de toutes les connaissances humaines, ouvrage, en vingt-trois volumes in-8°, qui eut un grand succès.

Monsieur *Duménil*, éditeur de ce remarquable ouvrage, en publia une deuxième édition pendant les années 1841, 42 et 43; cette seconde

alphabétique, à la suite du titre. Nous avons cru devoir faire une exception à cette règle pour l'article du titre de chaque matière que nous avons placé en tête des articles.

Tout lecteur qui voudra donc étudier une science ou une branche de science, aura, au moyen de la présente table, tous les articles de cette science, traités dans l'Encyclopédie moderne, avec l'indication du volume et de la page.

Pour les articles écrits sous différents points de vue, nous avons mis le titre de chacun dans la classification des sciences auxquelles les articles se rapportent, afin d'avoir un tout complet dans chaque science. Ainsi, l'article *Sainte-Hélène*, qui comprend la *Géographie* de l'île et l'*Histoire* de la captivité de *Napoléon*, se trouve à la *Géographie* et à l'*Histoire*. Pareillement, l'article *Pendule*, traité sous le rapport de l'*Horlogerie*, de la *Mécanique* et de la *Physique*, se trouve au nombre des articles de chacune de ces sciences.

Beaucoup d'articles des branches de l'*Histoire naturelle*, particulièrement de la *Zoologie*, ayant été classés sous le nom générique d'*Histoire naturelle*, nous avons, par respect pour les auteurs, conservé ce nom; mais nous prévenons le lecteur qui voudra étudier séparément la *Minéralogie*, la *Botanique* ou la *Zoologie*, de parcourir les articles du titre *Histoire naturelle* dans lesquels il trouvera des articles relatifs à ces branches.

Chaque lettre étant traitée sous le rapport de la *Grammaire* et des *Antiquités*, nous avons pensé qu'il était préférable de les laisser à leur ordre alphabétique plutôt que de les intercaler dans ces sciences.

CLASSIFICATION DES MATIÈRES.

A.

Administration.
Agriculture.
Alchimie.
Algèbre.

Analyse.
Anatomie.
Antiquités.
Antique et Moderne.
Archéologie.

Architecture.
Arithmétique.
Armée de terre.
Artillerie.
Arts.
Art de monter à cheval.
Art dramatique.
Art militaire.
Astrologie.
Astronomie.

B.

Beaux-Arts.
Belles-Lettres.
Bibliographie.
Blason.
Botanique.

C.

Chasse.
Chimie.
Chimie appliquée.
Chirurgie.
Chronologie.
Commerce.
Construction.
Cosmogonie.
Cosmologie.

D.

Dessin.
Diplomatie.
Droit.
Droit canonique.
Droit civil.
Droit commercial.

Droit coutumier.
Droit ecclésiastique.
Droit maritime.
Droit naturel.
Droit naturel et civil.
Droit pénal.

E.

Economie domestique.
Economie politique.
Economie rurale.
Economie sociale.
Eloquence.

F.

Finances.

G.

Génie civil.
Géographie.
Géographie physique.
Géologie.
Géométrie.
Grammaire.
Grammaire générale.
Gymnastique.

H.

Histoire.
Histoire naturelle.
Horlogerie.
Horticulture.
Hydraulique.
Hydrodynamique.
Hydrostatique.
Hygiène.
Hygiène publique.

I.

Imprimerie.
Industrie.
Instruction publique.

J.

Jurisprudence.

K.

L.

Législation.
Lexicologie.
Lieux destinés à la sépulture.
Littérature.
Logique.

M.

Magie.
Marine.
Mathématiques.
Mécanique.
Médecine.
Médecine légale.
Médecine vétérinaire.
Métaphysique.
Météorologie.
Minéralogie.
Morale.
Musique.
Mythologie.

N.

Navigation intérieure.
Numismatique.

O.

Ordres d'architecture.

P.

Pharmacie.
Pharmacologie.
Philosophie.
Philosophie ancienne.
Philosophie du moyen-âge.
Philosophie moderne.
Philosophie des Arabes.
Physiologie générale.
Physiologie animale.
Physiologie végétale.
Physique.
Physique terrestre.
Poésie.
Poids et Mesures.
Politique.
Psychologie.

Q.

R.

Religion.
Révolutions du Globe.
Rhétorique.

S.

Sciences.
Sciences naturelles.
Statistique.
Sténographie.

T.	**U.**
	V.
Technologie.	**W.**
Tenue des livres.	**X.**
Théologie.	**Y.**
Thérapeutique,	**Z.**
Toxicologie.	Zoologie.

A l'effet de rendre les recherches plus faciles dans cette table mé-
thodique, nous avons établi à la fin du volume une *table des matières*,
en plaçant immédiatement après chaque science les branches qui en
font partie.

TABLE MÉTHODIQUE

DE

L'ENCYCLOPÉDIE MODERNE.

A.	Tomes.	Pages.
A. (Antiquités, Grammaire et Musique)	1	1

ADMINISTRATION.

	Tomes.	Pages.
Administration.	1	161
Bureaucratie.	5	49
Chemins.	6	287
Hospices et hôpitaux civils	14	146
Pensions	18	77
Voirie	23	269

Voyez les articles de l'*Economie politique* et ceux de
la *Politique*.

AGRICULTURE.

	Tomes.	Pages.
Agriculture	1	243
Abat-foin	1	8
Accrus	1	101
Ados	1	172
Affaissement	1	182
Affinage	1	185
Aigre	1	259
Algues	1	311
Alluvions	1	355
Aménagement	2	32

AGRICULTURE, SUITE.	Tomes.	Pages.
Amendement.	2	36
Animaux.	2	219
Arbres.	2	389
Arrosement.	3	138
Assolements.	3	252
Bestiaux (races).	4	229
Binage.	4	272
Carie.	5	311
Céréales.	6	106
Charbon.	6	210
Charrue.	6	229
Chaulage.	6	270
Cultivateur, agronome.	9	145
Cultivateur.	9	148
Culture.	9	148
Défoncement.	9	268
Défrichement.	9	269
Disette.	10	207
Engrais.	11	384
Ferme.	12	380
Fèves.	12	400
Garance.	13	248
Glanage.	13	341
Grains.	13	377
Hersage.	14	51
Instruments aratoires.	14	312
Irrigation.	14	347
Labourage.	15	2
Lin.	15	137
Maladies des plantes.	15	321
Marais.	15	353
Mûrier.	16	327
Olivier.	17	181

AGRICULTURE, suite.	Tomes.	Pages.
Pâturages.	17	382
Pépinières, Pépiniériste.	18	80
Plantations.	18	238
Prairies.	19	33
Régions isothermes.	25	213
Sarclage.	20	317
Semailles.	21	52
Sol.	21	182
Tabac.	21	391
Taillis.	21	437
Troupeaux.	22	380
Verger.	23	109
Vigne.	23	216
Vin.	23	227

Voyez l'*Horticulture*.

ALCHIMIE.

	Tomes.	Pages.
Alchimie.	1	297
Antiquités.	1	296

ALGÈBRE.

Algèbre.	1	305
Abaissement du degré des équations.	1	5
Imaginaires.	14	211

Voyez l'*Analyse* et les *Mathématiques*.

ANALYSE.

Calcul différentiel.	10	127
Equations.	12	70
Incommensurable, Irrationnel.	14	233

ANALYSE, SUITE.

	Tomes.	Pages.
Infini .	14	262
Intégrale, Intégration .	14	317
Intérêt .	14	325
Linéaires.	15	140
Logarithmes.	15	183
Loterie.	15	211
Maxima, Minima.	15	425
Permutation.	18	106
Probabilité au jeu, etc.	19	120
Problème.	19	127
Progression.	19	146
Proportions.	19	172
Racine.	19	280
Rectification.	19	327
Résolution des équations.	20	59
Révolution .	20	113
Série .	21	89
Soustraction.	21	249
Transformation.	22	314
Variation.	23	54

Voyez les *Mathématiques.*

ANATOMIE.

Anatomie.	2	145
Anatomie.	2	155
Abdomen.	24	15
Amygdales .	24	159
Apophyse.	24	183
Appendices .	24	183
Astragale.	24	243
Colique.	7	216
Colonne .	24	394

ANATOMIE, suite.

	Tomes.	Pages.
Ganglion.	25	117
Glandes.	25	140
Globules.	25	140
Larynx.	25	238
Muscles.	16	332
Nerfs.	17	59
Os.	17	259
Peau.	18	1
Sens.	21	70
Squelette.	21	294
Unité de composition.	24	399
Voies lacrymales.	25	237

Voyez les articles de la *Physiologie*.

ANTIQUITÉS.

Antiquité.	2	277
A et A B.	1	3
Abaque.	1	8
Abaton.	1	9
Abondance.	1	36
Abraxas.	1	40
Abréviations.	1	43
Abydos ou Abydus.	1	62
Académie.	1	73
Accendones.	1	91
Accensus.	1	91
Accents.	1	92
Accersitores.	1	92
Acclamation.	1	93
Accouchement.	1	99
Acétabularii.	1	110
Ache.	1	112

ANTIQUITÉS, SUITE.

	Tomes.	Pages.
Achéménis.	1	113
Achéron.	1	113
Achéruse.	1	113
Acier.	1	135
Acrostiche.	1	139
Acta Diurna.	1	140
Acteur.	1	141
Adoption.	1	168
Adoration.	1	172
Adrianéum ou Hadriani moles.	1	173
Ædes.	1	179
Affranchis.	1	191
Affranchissement.	1	191
Afrique.	1	206
Age du monde.	1	220
Agriculture.	1	243
Aguilanleu.	1	253
Aigle.	1	256
Ailes.	1	262
Aimant.	1	266
Air.	1	267
Album.	1	292
Alchimie.	1	296
Amphictyons.	2	104
Amphore ou Quadrantal.	2	110
Antiquaire.	2	276
Arbres.	3	2
As, Poids romains.	3	192
Bacchanales.	4	3
Bas-relief.	4	99
Bergers.	4	224
Bronze.	5	33
Calendrier.	5	108

ANTIQUITÉS, SUITE.

	Tomes.	Pages.
Carnaval..	5	316
Cirque.	7	87
Comices.	7	374
Constellation.	8	176
Déesses.	9	249
Dieux.	10	111
Drachme, poids grecs.	10	305
Elysée, enfer, tartare.	11	297
Ere actiaque.	1	147
Génies.	13	290
Hiéroglyphes.	14	59
Inscription.	14	285
Jeux.	14	371
Langues.	15	22
Les quatre âges.	1	220
Mânes.	15	337
Médaille.	16	5
Mystères.	16	348
Numismatique.	17	113
Oracle.	17	213
Papyrus.	17	319
Pied romain.	18	189
Sépulture, Funérailles.	21	86
Talisman.	21	440
Thermes.	22	149
Tour de Babel.	22	245
Vases, Vases peints.	23	60
Vestales.	23	188
Zendavesta.	23	345

Voyez l'*Archéologie*, l'*Histoire*, la *Mythologie* et la *Numismatique*.

ANTIQUE ET MODERNE.	Tomes.	Pages.
Bibliothèque.	4	241
Dactyliothèque, Anneau.	9	188
Musée.	16	333

ARCHÉOLOGIE.

Archéologie.	3	19
Acropolis..	24	47
Atellanes.	24	244
Cyclopéens (Monuments).	24	430
Glyptique.	13	343
Marbres d'Arundel.	24	221
Monuments..	16	256
Palenque.	25	350
Pompéia..	25	381
Prytanée.	19	211

Voyez les articles de l'*Architecture*.

ARCHITECTURE.

Architecture.	3	37
Abat-jour.	1	9
Abattoir.	1	9
Abat-vent..	1	10
Abside.	24	18
Académie.	1	82
Acanthe.	1	91
Acrotère.	1	140
Adytum.	1	179
Ædicule.	1	181
Ailes.	1	265
Aire.	1	277

ARCHITECTURE, SUITE.	Tomes.	Pages.
Alabastrite.	1	281
Alcove.	1	301
Alignement.	1	314
Ambon.	2	19
Ameublement.	2	52
Amphithéâtre.	2	105
Antes.	2	259
Antichambre.	2	263
Appareil.	2	311
Appareilleur.	2	313
Appartement.	2	313
Aqueduc.	2	334
Arabesques.	2	353
Arc.	3	8
Architecte.	3	35
Archit. antique.	2	277
Archit. des Arabes.	2	350
Archit. Asiatique.	3	207
Archit. des Chinois.	6	391
Archit. Egyptienne.	11	173
Archit. Etrusque.	12	193
Archit. Gothique.	13	352
Archit. Grecque.	13	404
Archit. Indienne.	14	237
Archit. Persane.	18	112
Archit. Romaine.	20	154
Architrave.	24	190
Archives.	3	45
Archivolte.	24	190
Arène.	3	49
Armature.	24	195
Arsenal.	3	147
Astragale.	24	243

ARCHITECTURE, suite.

	Tomes.	Pages.
Attique.	24	266
Bains.	4	31
Charpente.	6	217
Charpente (Constructions hydrauliques).	6	219
Colonne.	24	391
Console.	24	412
Construction.	8	186
Constructions navales.	8	190
Ebrasement.	11	37
Eglise.	11	146
Enduit.	11	360
Entablement.	25	25
Flèche.	13	22
Halle.	14	8
Maçon.	15	261
Maçonnerie.	15	261
Maisons.	15	301
Mastic.	15	413
Mortier.	16	292
Mosaïque.	16	297
Mosquée.	16	300
Mur.	16	326
Obélisque.	17	129
Ogive.	17	164
Ordre.	17	223
Palais.	17	284
Pierre.	18	190
Pilotis.	18	209
Plâtre.	18	246
Saracénique (Archit. ogivale).	20	312
Théâtre.	22	91
Voûte.	23	328

Voyez les articles de la *Construction* et du *Génie civil*.

ARITHMÉTIQUE.

	Tomes.	Pages.
Arithmétique .	3	82
Addition .	1	153
Assurances .	3	268
Calcul décimal.	9	218
Divisibilité .	10	228
Division .	10	231
Fractions.	13	152
Multiplication .	16	324
Nombres complexes.	8	43
Nombres figurés .	13	10
Numération.	17	112
Progression.	19	146
Règle conjointe .	8	137
Règle d'alliage.	1	341
Règle de compagnie.	8	30
Système métrique, voyez mesures	16	75

Voyez les *Mathématiques*.

ARMÉE DE TERRE.

Armée.	3	85
Adjudant.	1	159
Aide-de-camp.	1	254
Ambulance.	2	21
Approvisionnement.	2	329
Artillerie.	3	162
Avancement militaire.	3	352
Bataillon.	4	162
Caporal.	5	279
Cavalerie.	6	67
Conseil de guerre.	8	159
Discipline militaire.	10	193
Division.	10	231

ARMÉE DE TERRE, suite.	Tomes.	Pages.
Divisions permanentes..	10	249
Education militaire.	11	138
Etat-Major.	12	145
Gendarmerie.	13	275
Hôpitaux militaires.	14	136
Infanterie.	14	248
Intendance.	14	318
Invalide.	14	334
Prisons militaires.	19	106
Recrutement.	19	315
Retraites.	20	97
Subordination.	21	313
Vétéran.	23	194
Vivres.	23	246

Voyez l'*Artillerie* et l'*Art militaire*.

ARTILLERIE.

	Tomes.	Pages.
Artillerie.	3	162
Approvisionnement.	2	327
Astragale.	24	243
Batterie.	4	168
Bouches à feu.	4	337
Caisse.	5	94
Matériel.	15	416
Personnel.	18	119

Voyez les articles de l'*Armée de terre* et de l'*Art militaire*.

ARTS.

	Tomes.	Pages.
Arts.	3	170
Blason.	4	292

ARTS, SUITE.

	Tomes.	Pages.
Concours.	8	86
Ecriture.	11	113
Voyez les *Beaux-Arts*.		

ART DE MONTER A CHEVAL.

Equitation.	12	76

ART DRAMATIQUE.

Acteur.	1	141
Déclamation.	9	221
Mélodrame.	16	26
Pantomime.	17	287

ART MILITAIRE.

Art militaire ou Génie.	13	290
Abatis.	1	8
Action.	1	143
Alerte.	1	302
Alignement.	1	314
Allocution.	1	348
Arme.	3	82
Armée.	3	85
Armement.	3	113
Arrière-Garde.	3	136
Arsenal.	3	142
Artillerie.	3	162
Assaut.	3	228
Attaque des places.	3	311
Avant-garde.	3	354

ART MILITAIRE, SUITE.

	Tomes.	Pages.
Bagages..	4	16
Baraques.	4	68
Bataille.	4	117
Bataillon	4	162
Blocus.	4	296
Capitulation.	5	274
Cartes topographiques..	5	327
Caserne.	6	3
Casque.	6	9
Castramétation.	6	24
Cavalerie.	6	67
Coiffure.	7	201
Combat.	7	282
Cuirasse	9	116
Défenses des places	9	255
Division.	10	231
Drapeau.	10	327
Escarmouche.	12	96
Exercice.	12	248
Fortification.	13	123
Ingénieur-géographe.	14	275
Ingénieur-militaire.	14	278
Place forte.	18	211
Tactique, stratégie.	21	401
Tir.	22	168
Topographie.	22	223
Astrologie.	3	277

ASTRONOMIE.

Astronomie.	3	280

ASTRONOMIE, suite.	Tomes.	Pages.
Almageste	24	141
Almanach	1	355
Amplitude	2	113
Analemme	2	127
Anneau astronomique	2	240
Anneau de Saturne	2	240
Année	2	243
Anomalie	2	253
Aphélie	2	289
Apogée	2	292
Appulse	2	333
Apsides	2	333
Arctique, Antarctique	24	190
Astrolabe	24	244
Bolides	24	321
Comète	7	355
Constellations	8	181
Crépuscule	9	17
Cycle	9	168
Distance	10	219
Eclipse	11	67
Epacte	25	26
Ephémérides	12	2
Equateur	12	69
Equinoxe	12	74
Etoiles	12	175
Excentricité	12	242
Expansion	12	257
Hauteur	14	29
Horizon	14	141
Latitude	15	53
Longitude et Latitude	15	207
Lune	15	225

ASTRONOMIE, suite.

	Tomes.	Pages.
Marées.	15	375
Méridien.	16	52
Nadir.	25	301
Nuit.	17	110
Obliquité de l'écliptique.	17	134
Orbe, Orbite.	17	217
Parallaxe.	17	328
Perturbations.	18	127
Satellites.	20	324
Soleil.	21	192
Sphère armillaire.	25	418
Système du monde.	16	229
Tables alphonsines.	24	147
Temps.	22	38
Voie lactée.	23	260
Zénith.	23	346
Zodiaque.	23	352

Voyez les *Mathématiques* et la *Physique*.

B.

B. (Antiquités, Numismatique et Musique)	4	1

BEAUX-ARTS.

Beaux-Arts.	3	170
Académie.	1	79
Album.	1	292
Amateur.	2	7
Artiste.	3	166
Ballet.	4	43
Bas-Relief.	19	360
Calque.	5	152

BEAUX–ARTS, SUITE.

	Tomes.	Pages.
Chef-d'œuvre	6	278
Clair-obscur	7	115
Coloris	7	277
Copie	8	269
Costume	8	338
Daguerréotype	24	434
Danse	9	208
Déclamation	9	221
Dessin	10	29
Esthétique	25	50
Fresque	13	185
Glyptique	13	343
Goût	13	352
Grâce	13	368
Gravure	13	397
Institut	14	296
Lithographie	15	147
Médaille	16	5
Nielle	17	70
Numismatique	17	113
Opéra	17	194
Peinture	18	40
Peinture (Paysage)	18	51
Peinture sur verre	23	135
Restauration des tableaux	20	88
Sculpture	21	22
Tableau	21	397
Vases, vases peints	23	60

Voyez les articles de la *Technologie*.

BELLES-LETTRES.

Académie	1	79

	Tomes.	Pages.
BELLES-LETTRES, SUITE.		
Institut.	14	296

Voyez la *Littérature*.

BIBLIOGRAPHIE.

	Tomes.	Pages.
Bibliographie.	4	239
Ana.	2	119
Anagramme.	2	126
Anonyme.	2	254
Autographe.	3	337
Catalogue.	6	36
Pseudonyme.	19	214

BLASON.

	Tomes.	Pages.
Blason.	4	292
Armoiries.	3	123

BOTANIQUE.

	Tomes.	Pages.
Botanique.	4	334
Acanthacées.	24	22
Aconit.	24	45
Acotylédones.	24	45
Apocynées.	24	180
Aroïdées.	24	196
Asclépiadées.	24	226
Asparaginées.	24	227
Astragale	24	243
Aurantiacées.	24	276
Azaléa.	24	286
Berbéridées.	24	315
Bois.	4	311

BOTANIQUE, SUITE	Tomes.	Pages.
Borraginées.	24	325
Cacao.	24	347
Cactées ou Nopalées.	25	333
Café.	22	77
Café.	24	348
Calycanthées.	5	153
Calycérées.	5	154
Camellia.	24	352
Campanulacées.	5	164
Capparidées.	5	282
Caprifoliées	5	287
Caryophyllées.	5	358
Champignons.	6	188
Chénopodées.	6	299
Chicoracées.	24	374
Cistées.	7	97
Conifères.	8	117
Convolvulacées.	8	266
Cotylédons	24	420
Crucifères.	9	97
Cryptogames.	9	103
Cucurbitacées.	24	422
Cypéracées.	24	433
Dahlia	24	443
Dicotylédonées.	24	464
Dictamne.	24	467
Dipsacées	24	470
Ebène.	11	31
Embryon.	25	21
Equisétacées	25	27
Erable.	25	28
Ericinées.	25	29
Euphorbiacées.	12	231

BOTANIQUE, SUITE.

	Tomes.	Pages.
Familles naturelles.	12	317
Feuille..	12	394
Ficoïdées..	25	69
Fleur.	13	23
Fougères.	25	84
Fruit.	13	195
Fumariacées.	25	105
Galle.	25	111
Gentianées.	25	132
Géraniacées.	25	133
Germe.	13	325
Germination.	13	325
Graine..	13	369
Graminées..	13	385
Guttifères	25	162
Herbier.	14	35
Indigo..	25	198
Iridées..	25	209
Jasminées.	25	221
Joncées.	25	229
Juglandées..	25	231
Jusquiame..	25	235
Labiées.	25	236
Laurinées.	25	243
Légumineuses.	15	71
Liliacées.	15	133
Linacées.	25	251
Lycopodiacées..	25	263
Magnoliacées.	15	293
Malvacées.	15	327
Mandragore.	25	269
Mousses, Lichens..	25	295
Musacées ou Scitaminées.	25	298

BOTANIQUE, SUITE.	Tomes.	Pages.
Myristicées.	25	299
Myrtacées.	16	346
Narcissées.	25	326
Nayades.	25	329
Nymphéacées.	25	340
Noix vomique.	23	322
Ombellifères.	17	182
Orchidées	17	221
Palmiers.	17	284
Papavéracées.	17	293
Racine.	19	281
Renonculacées	20	25
Ribésiées.	25	398
Rosacées.	20	190
Rubiacées.	20	219
Safran.	25	401
Solanées.	21	188
Strychnos	25	424
Synanthérées.	21	372
Térébinthacées.	22	40
Térébinthacées.	25	448
Thé.	22	77
Thymélées.	25	453
Tiliacées.	25	455
Tige.	22	164
Urticées.	23	1
Vacciniées.	25	471
Valérianées.	25	471
Vanille.	25	477
Végétaux.	23	72
Verbénacées.	25	490
Violariées.	25	493

Voyez l'*Histoire naturelle* et la *Physiologie végétale.*

	Tomes.	Pages.
C.		
C. (Grammaire , Antiquités et Musique).	5	59

CHASSE.

Chasse	6	243
Aviceptologie	3	355
Louveterie	15	215
Vénerie	23	93

CHIMIE.

Chimie	6	359
Acétates	1	111
Acide	1	114
Acides	24	37
Albumine	1	293
Alcali	1	294
Alliage	1	344
Alumine	1	357
Amidon	2	56
Ammoniaque	2	66
Analyse chimique	2	133
Antimoine	2	273
Argent	3	54
Arsenic	3	149
Atmosphère	24	251
Atomes	24	256
Azote	3	365
Baryte	4	91
Base salifiable	4	104
Bile	4	269

	Tomes.	Pages.
CHIMIE, SUITE.		
Bismuth.	4	286
Bore.	4	331
Brôme.	24	327
Brucine.	5	40
Calcination.	5	99
Camphre.	5	170
Carbonates.	5	298
Carbone.	5	300
Carbonisation.	5	300
Carmin.	5	313
Carmine.	5	314
Cémentation.	6	87
Cendres.	6	87
Cérumen	6	129
Chair.	6	161
Chaux.	6	271
Chlore.	7	1
Chrome.	7	33
Cire.	7	84
Cobalt.	7	159
Combinaison.	7	322
Combustion.	7	328
Corps.	8	319
Coupellation.	8	344
Creuset.	9	20
Cuivre, cuprum.	9	121
Cuves pneumatiques	9	167
Cyanogène.	9	167
Cyanogène.	24	424
Décrépitation.	9	243
Deliquescence.	9	290
Départ.	9	322

3

CHIMIE, SUITE.

	Tomes.	Pages.
Dextrine.	24	460
Diastase.	24	464
Eau.	11	3
Eau oxygénée.	11	8
Eaux minérales.	11	10
Eléments.	25	2
Eudiomètre.	25	55
Fécule.	25	61
Fer.	25	64
Fermentation.	12	382
Gaz.	13	265
Gluten.	25	143
Graisse.	13	383
Hydrogène.	25	189
Iode.	25	206
Isomérie.	25	212
Isomorphisme.	25	213
Liquoriste ou distillateur.	15	145
Mercure.	25	281
Méthylène.	25	286
Molécule.	16	212
Nickel.	25	332
Or.	25	343
Oxydes.	17	263
Oxygène.	17	267
Pectine.	25	355
Phosphore.	18	180
Platine.	25	366
Plomb.	25	370
Polymorphisme.	25	379
Potasse.	19	4
Potassium.	25	391

CHIMIE, SUITE.	Tomes.	Pages.
Putréfaction.	19	236
Savons.	20	352
Sélénium.	25	403
Sels.	21	42
Silicium	25	405
Soufre.	25	407
Statique des corps organisés.	25	421
Sucre	21	333
Sucre d'amidon, Glucose.	25	434
Tannin, acide tannique.	25	437
Terre	22	73
Zinc.	25	507

Voyez les articles de la *Technologie*.

CHIMIE APPLIQUÉE.

Bois.	24	317
Caoutchouc.	24	353
Daguerréotype.	24	434
Electrotypie.	25	17
Embaumement.	25	19
Etain	25	51
Galvanoplastie.	25	112
Gélatine	25	123
Indigo.	25	198

CHIRURGIE.

Chirurgie.	6	398
Autoplastie.	24	283
Bec-de-lièvre.	24	298
Brûlure.	24	328

CHIRURGIE, SUITE.

	Tomes.	Pages.
Dépôt	24	457
Difformités	24	467
Dissection.	10	211
Embaumement.	11	313
Fistule.	25	70
Fracture	13	155
Lithotritie.	25	253
Luxation.	15	237
Opérations.	17	198
Plaie.	18	222
Strabisme.	25	425
Taille	21	414
Tendon d'Achille.	24	36
Torsion des artères	25	457

Voyez les articles de la *Médecine*.

CHRONOLOGIE.

Chronologie.	7	33
Cycle	9	168
Ere	12	82
Epacte.	25	26
Ere de Nabonassar	25	301
Indiction romaine.	25	197
Lettres dominicales	24	479
Nombre d'or.	25	333

COMMERCE.

Commerce	8	1
Bazar	4	186
Commerce français	8	9

COMMERCE, SUITE.	Tomes.	Pages.
Compagnie	8	19
Docks.	24	471
Lettre de change.	15	90
Négoce.	17	50

Voyez l'*Economie politique*.

CONSTRUCTION.

	Tomes.	Pages.
Construction.	8	186
Bois.	4	314
Chaux.	6	273
Travaux de navigation.	17	46

Voyez l'*Architecture* et le *Génie civil.*

	Tomes.	Pages.
Cosmogonie.	8	331

COSMOLOGIE.

	Tomes.	Pages.
Athéisme.	3	292
Fatalité.	12	337

D.

	Tomes.	Pages.
D. (Grammaire, Antiquités)	9	187

DESSIN.

	Tomes.	Pages.
Dessin.	10	29
Caricature, charge	5	310
Estampe	12	110

DESSIN , suite.

	Tomes.	Pages.
Gravure	13	397

Voyez les *Beaux-Arts*.

DIPLOMATIE.

Ambassadeur.	2	12
Diplomatie.	10	167
Traités.	22	295

Voyez la *Politique*.

DROIT.

Juridiction.	25	232

DROIT CANONIQUE.

Bénéfice.	24	314
Décrétale	9	244

DROIT CIVIL.

Actes de dernière volonté.	23	312
Bénéfice.	24	311
Communauté	24	394
Enfant	11	376
Jouissance.	25	230
Legs	25	249
Mariage.	15	375
Mineur, Minorité.	16	174
Partie civile.	17	363
Secondes noces.	17	82
Succession.	21	320
Tutelle de mineurs.	22	407

(39)

DROIT CIVIL, SUITE.	Tomes.	Pages.
Tutelle d'interdits	22	416
Tutelle officieuse	22	419
Usage	25	468
Usufruit.	23	17

Voyez les articles de la *Jurisprudence* et ceux
de la *Législation*.

DROIT COMMERCIAL.

Escompte	25	50

DROIT COUTUMIER.

Communauté.	24	398

DROIT ECCLÉSIASTIQUE.

Clergé	7	138
Constitution	8	183

DROIT MARITIME.

Affrètement	24	52
Prises en mer.	19	90

Droit naturel.	17	31

DROIT NATUREL ET CIVIL.

Parenté.	17	341

DROIT PÉNAL.	Tomes.	Pages.
Attentat.	24	140
Peine infamante.	25	199
Talion	25	437

E.

	Tomes.	Pages.
E. (Grammaire , Antiquités et Numismatique). . . .	11	1

ÉCONOMIE.

	Tomes.	Pages.
Economie politique , domestique, etc.	11	80

ÉCONOMIE DOMESTIQUE.

	Tomes.	Pages.
Basse-Cour.	4	107
Bière.	4	265
Boissons.	4	326
Café et Thé.	22	77
Chair.	6	160
Cidre.	7	50
Eaux-de-vie..	11	24
Farine..	12	321
Poiré.	18	266
Vin	23	227

ÉCONOMIE POLITIQUE.

	Tomes.	Pages.
Abondance.	1	37
Agences.	1	227
Agio.	1	233
Agiotage	1	233
Amortissement	2	76

ÉCONOMIE POLITIQUE, suite.

	Tomes.	Pages.
Argent.	24	191
Assurances.	3	268
Banque.	4	54
Bourse.	4	357
Budget.	24	332
Cadastre	5	78
Caisse d'Epargne.	25	26
Capitaux.	5	254
Commerce.	8	1
Compagnie	8	19
Consommation	8	170
Crédit	9	10
Département.	9	323
Douanes	10	299
Emancipation des esclaves.	25	19
Emprunts.	11	318
Entrepôt	11	398
Esclavage.	25	33
Exportation	12	280
Finances.	13	18
Forêts	13	104
Haras.	14	14
Importation.	14	222
Impôts.	14	228
Luxe.	15	244
Marchés.	15	365
Mendicité.	16	41
Messageries.	16	70
Ministres des cultes ou prêtres.	16	184
Monnaie	16	235
Négoce.	17	50
Octrois.	17	151
Papier-Monnaie.	17	314

ECONOMIE POLITIQUE, SUITE.	Tomes.	Pages.
Ports-Francs.	18	385
Poste	18	387
Production	19	135
Prohibition	19	147
Propriété	19	177
Remonte	20	1
Richesses	25	399
Salines	20	290
Tontine	22	221
Travail	22	315
Trésor public	22	327
Usines	23	5
Uusure	25	469
Voiturier, roulage, transports	23	281

Voyez les articles des *Finances* et de la *Politique*.

ECONOMIE RURALE.

Voyez : Agriculture, défrichement, Dessèchement, Basse-Cour, Forêts, Prairies et Troupeaux.

	Tomes.	Pages.
Ergot	12	90
Mouton	16	314
Pressoir	19	67
Tonte	22	219
Vache	23	30

ÉCONOMIE SOCIALE.

	Tomes.	Pages.
Education	11	131
Fouriérisme	25	86

ELOQUENCE.

	Tomes.	Pages.
Eloquence.	11	282

ELOQUENCE SACRÉE.

Pères de l'Eglise	18	90

F.

F. (Grammaire , Antiquités et Numismatique). . .	12	285

FINANCES.

Finances	13	18
Budget.	24	332
Comptabilité.	8	55
Comptable.	8	61
Cour des comptes.	8	63
Enregistrement et Timbre.	11	390
Recettes	25	396

Voyez l'*Économie politique.*

G.

G. (Grammaire , Antiquités).	13	218

GÉNIE CIVIL.

Chemins de fer, Routes	20	205
Dessèchement	10	23
Ingénieur-Géographe	14	275
Ponts	18	342
Ponts et chaussées.	18	353

GÉNIE CIVIL, SUITE.

	Tomes.	Pages.
Rails-ways, chemins de fer.	25	392
Routes.	20	199

Voyez l'*Architecture* et l'*Hydraulique*.

GÉOGRAPHIE.

	Tomes.	Pages.
Géographie	13	305
Aborigènes.	24	17
Abyssinie	1	63
Açores..	1	136
Adulé ou Adulis.	24	51
Afghanistan	1	195
Afrique.	1	207
Albanie.	1	283
Alger, Algérie.	24	91
Allemagne.	1	336
Amalfi.	24	148
Amazones.	2	8
Amérique	2	37
Angleterre.	2	184
Annam.	2	235
Antilles.	2	264
Antipodes.	2	275
Aquilée.	24	187
Aquitaine.	24	188
Arabie	2	354
Archipel	3	30
Arménie	3	114
Armorique.	23	195
Asie.	3	207
Atlantide	24	250
Augsbourg.	24	272

GÉOGRAPHIE, SUITE	Tomes.	Pages.
Austrasie.	24	280
Autriche.	3	340
Bade.	4	14
Baléares.	4	38
Basques.	4	105
Bavière.	4	181
Béloutchistan.	4	219
Bermudes.	4	227
Bohême.	4	306
Bornéo.	4	332
Brésil.	5	4
Caboul.	24	343
Cachemire ou Kachemyr.	5	72
Cafrerie.	5	89
Canada.	5	171
Canaries.	5	215
Cap de Bonne-Espérance.	5	239
Cap-Vert.	5	247
Caraïbes.	5	296
Carolines ou Nouvelles-Philippines.	5	319
Carthage.	5	346
Célèbes.	6	78
Celtes.	6	85
Ceylan.	6	147
Châteaux des Dardanelles.	24	450
Chili.	6	346
Chine.	6	360
Cochinchine.	7	164
Colombia.	7	218
Comores	8	16
Confédération Germanique.	8	103
Coptes	8	270
Corée	8	308

GÉOGRAPHIE, SUITE.

	Tomes.	Pages.
Cuba	9	112
Cyrénaïque	9	181
Daghestan	9	190
Dalmatie	9	195
Danemark	9	201
Dardanelles	24	449
Département	9	323
Deux-Siciles	21	129
Druzes	10	370
Ecosse	11	94
Egypte	11	156
Empire des Birmans	4	276
Eskimaux	12	104
Espagne	12	108
Etat Romain	20	151
Etats-Unis de l'Amérique Septentrionale	12	152
Etats-Unis du Rio de la Plata	20	138
Ethiopie	12	169
Europe	12	234
Fezzan	12	400
Finnois	13	20
France	13	163
Géorgie	13	321
Grèce	13	406
Groenland	13	416
Guatémala	13	421
Guiane	13	423
Guinée	13	425
Haïti	14	3
Hanovre	14	10
Hesse	14	51
Hindoustan	14	70
Hongrie	14	128

GÉOGRAPHIE, suite.	Tomes.	Pages.
Hottentots.	14	150
Ile Bourbon.	4	353
Ile Maurice.	15	423
Iles de la Sonde.	21	224
Iles Noukahiva ou Marquises.	25	335
Illyrie.	14	209
Inde, Indiens.	14	236
Irlande	14	342
Italie.	14	347
Jamaïque.	14	352
Japon	14	353
Kouriles.	14	410
Kurdes	14	411
Labrador.	15	6
Madagascar.	15	263
Madère.	15	265
Maldives.	15	324
Malte.	15	325
Maroc et Etats Barbaresques.	15	399
Méridien	16	52
Mexique.	16	126
Moluques	16	217
Mongolie	25	291
Nouvelle-Calédonie	5	103
Nouvelle-Hollande.	25	173
Nouvelle-Zélande	25	503
Océanie.	17	141
Pampas.	25	354
Péninsule Ibérique.	18	65
Perou.	18	107
Perse.	18	116
Pologne.	18	322
Prusse	19	207

GÉOGRAPHIE, SUITE.	Tomes.	Pages.
Royaume Lombard-Vénitien.	15	206
Russie	20	224
Sainte-Hélène	20	262
Sardaigne.	20	322
Saxe.	20	353
Siam.	21	128
Soudan et Sénégambie.	21	228
Suède et Norvège.	21	340
Suisse.	21	349
Tangout	21	444
Tatar	21	452
Terre-Neuve.	22	73
Toscane	22	242
Turkestan.	22	392
Turquie.	22	397
Voyages	23	330
Wurtemberg.	23	337
Zone.	23	354

GÉOGRAPHIE PHYSIQUE.

Affluent	24	52
Cap.	5	238
Cataractes.	6	48
Delta.	24	456
Désert.	10	1
Détroit.	10	37
Glaciers.	25	137
Ile.	14	205
Landes.	15	18
Mers.	16	54
Montagnes	16	246
Vallées.	23	34

GÉOGRAPHIE PHYSIQUE, SUITE.

	Tomes.	Pages.
Versants.	23	153
Volcans.	23	291

GÉOLOGIE.

Géologie.	13	308
Archipel.	3	34
Armature.	24	195
Bassins.	4	114
Déluge.	9	294
Dépôt.	24	457
Dunes.	10	388
Falaises.	12	313
Falun.	12	314
Landes.	15	18
Puits artésiens.	19	231
Roches.	20	142
Sources.	21	234
Terrains.	22	45
Terre.	22	60
Vallées.	23	34
Volcans.	23	291

Voyez l'*Histoire naturelle*.

GÉOMÉTRIE.

Géométrie.	13	319
Arpentage	3	127
Cône.	8	101
Constructions	8	201
Courbe.	8	349
Cultellation.	9	144

GÉOMÉTRIE, SUITE.

	Tomes.	Pages.
Décagone.	9	215
Diamètre.	10	52
Distance.	10	219
Echelle..	11	45
Ellipse.	11	278
Excentricité.	12	242
Hyperbole..	14	184
Lignes.	15	133
Logarithmique..	15	187
Méthode.	16	112
Nivellement.	17	71
Parabole.	17	321
Parallèle.	17	331
Parallélogramme	17	332
Perspective.	18	121
Plan.	18	233
Polygone.	18	328
Projection..	19	159
Pyramide.	19	237
Quadrature.	19	246
Rapporteur.	19	309
Roulette cycloïde.	9	172
Sections coniques..	21	38
Sphère..	21	269
Spirale..	21	270
Surface.	21	362
Tangente..	21	443
Toise, toiseur..	22	195
Topographie.	22	223
Triangle.	22	340
Trigonométrie rectiligne.	22	358
Trigonométrie sphérique.	22	360
Vernier..	23	125

(51)

GÉOMÉTRIE, SUITE.

	Tomes.	Pages.
Volume.	23	322

Voyez les *Mathématiques*.

GRAMMAIRE.

	Tomes.	Pages.
Grammaire.	13	391
Absolu.	1	47
Abstrait.	1	59
Accent.	1	91
Accidence, accident.	1	93
Accord.	1	95
Adjectif.	1	156
Averbe.	1	176
Alphabet.	24	145
Analogie.	2	127
Analyse.	2	131
Appellatif.	2	317
Archaïsme.	24	189
Article.	3	150
Cas.	6	1
Conjonction.	8	139
Degrés de comparaison.	8	31
Diminutifs et augmentatifs.	10	164
Distance.	10	219
Ecriture.	11	113
Genre.	13	293
Mode.	16	203
Mot.	16	301
Nom.	17	84
Nombre.	17	85
Orthographe.	17	255
Participe.	17	360

(52)

GRAMMAIRE, SUITE.

	Tomes.	Pages.
Ponctuation.	18	340
Pronom.	19	160
Préposition.	19	45
Proposition.	19	174
Prosodie.	19	196
Régime.	19	344
Substantif.	21	314
Synonymes.	21	375
Syntaxe.	21	377
Verbe.	23	108

GRAMMAIRE GÉNÉRALE.

	Tomes.	Pages.
Dictionnaire.	10	57
Discours.	10	203
Etymologie.	12	200
Jeu de mots.	14	371
Langues	15	22
Lettres.	15	83
Néologisme.	17	57
Voyelles.	23	334

Voyez la *Littérature*.

GYMNASTIQUE.

	Tomes.	Pages.
Gymnastique.	13	428
Natation.	17	6

H.

	Tomes.	Pages.
H. (Grammaire et Antiquités).	14	1

HISTOIRE.	Tomes.	Pages.

	Tomes.	Pages.
Histoire.	14	79
A. B.	1	5
Abbaye, abbé, abbesse.	24	1
Abjuration.	1	28
Aborigènes..	24	17
Adonaï.	24	51
Adulé ou adulis.	24	51
Aigle.	24	76
Albanais.	1	283
Alexandrie.	24	82
Alger, Algérie..	24	91
Amalécites.	24	147
Amalfi.	24	148
Amazones.	2	8
Ammonites.	24	155
Amorrhéens.	24	157
Anachronisme.	24	161
Annales.	2	231
Anniversaire.	2	249
Anthropophages..	2	261
Apocryphes.	24	179
Apologétique.	24	181
Applaudir.	2	319
Aqua Tofana.	24	185
Aquilée	24	187
Aquitaine.	24	188
Arc de triomphe.	3	9
Archives.	3	41
Argonautes.	24	193
Arméniens.	3	114
Armorique.	24	195
Arts et artistes.	3	166
Assassins.	24	231

HISTOIRE, SUITE.	Tomes.	Pages.
Assyrie.	24	239
Athènes.	24	245
Atlantide.	24	250
Augsbourg.	24	272
Augures.	24	274
Austrasie.	24	280
Autel.	24	281
Auto-da-fé.	24	283
Aztèques	24	287
Baal.	24	288
Bagnes.	4	18
Basoche ou Bazoche.	24	292
Belgique.	24	304
Bénéfices.	24	313
Biographie.	4	274
Birmans.	4	276
Boucan, boucanier.	24	326
Cabale.	5	62
Caboul.	24	343
Caraïbes	5	296
Carthage.	5	346
Celtes.	6	85
Champ de mai.	25	265
Chancelier.	24	369
Chasse.	6	243
Châteaux des Dardanelles.	24	450
Chevalerie.	6	320
Civilisation.	7	100
Communautés ecclésiastiques.	24	399
Confession d'Augsbourg.	24	272
Constantinople.	24	413
Coptes	8	270
Coréens.	8	309

HISTOIRE, SUITE.	Tomes.	Pages.
Couronne.	8	353
Croisades.	9	66
Danse Macabre.	25	265
Dardanelles	24	449
Deuil.	10	44
Dionysiaques.	24	470
Druides.	10	357
Druzes.	10	370
Duel.	10	382
Dynastie. V. Monarchie.	16	219
Ecole d'Alexandrie	24	85
Ecriture.	11	113
Edit de Nantes.	25	302
Elégie.	11	248
Empire Byzantin	24	337
Epée de Damoclès.	24	445
Epidémies.	12	10
Epreuves judiciaires.	12	62
Escrime	12	96
Eunuque.	12	224
Féerie.	12	349
Florence.	25	77
Franc-maçonnerie	13	178
Frères Moraves.	16	282
Galériens.	13	222
Généalogie	13	278
Genève.	25	125
Géorgiens.	13	321
Gibraltar	25	135
Gladiateurs.	25	137
Goths.	25	149
Grecs.	13	406
Guelfes et Gibelins	25	159

HISTOIRE , SUITE.

	Tomes.	Pages.
Hollande	25	170
Huns	25	187
Ile de Malte	25	267
Inquisition	14	280
Janissaires	25	216
Jansénisme	25	249
Jérusalem	25	223
Jeux floraux	25	72
Juifs	14	377
Labarum	25	235
Latium	25	240
Légion d'honneur	25	246
Lettres de cachet	24	348
Loi salique	25	402
Lombards	25	256
Mahométisme	15	295
Manufactures	15	341
Maronites	25	273
Mémoires	16	31
Mime	16	151
Monaco	25	294
Mongols	25	291
Moyen-âge	24	55
Naples	25	307
Nouvelle-Hollande	25	173
Ordre de la Toison-d'Or	25	457
Ordre teutonique	25	452
Ordres religieux	17	225
Port-Royal	25	389
Proscriptions	19	186
Prytanée	19	211
République de Saint-Marin	25	271
Sainte-Ampoule	24	157

HISTOIRE, suite.	Tomes.	Pages.
Sainte-Hélène (Napoléon à).	20	262
Satire Ménippée.	25	279
Serf, servage.	25	403
Temple, Templiers.	25	445
Templiers ou Chrétiens Joannites.	22	33
Teutons et Cimbres.	25	449
Tiare.	22	159
Vendales.	25	472
Venise.	25	486
Villes anséatiques.	24	166
Wahabites.	25	494
Westphalie.	25	494
Zingares, Bohémiens.	23	350

Voyez les articles de la *Géographie*, comme *Angleterre*, *Egypte*, *Kurdes*, etc., qui contiennent des notions historiques.

Voyez encore les *Antiquités*, l'*Archéologie* et la *Mythologie*.

HISTOIRE NATURELLE.

	Tomes.	Pages.
Histoire naturelle.	14	101
Abeille.	1	15
Ables.	1	34
Abricotier.	1	43
Acacia.	1	72
Acajou.	1	90
Acalèphes.	24	23
Acanthoptérygiens.	24	24
Acarides.	24	24
Acclimatement.	24	27
Accouplement.	1	100
Accroissement.	1	101
Acéphale.	1	109

HISTOIRE NATURELLE, SUITE.

	Tomes.	Pages.
Acéphalocystes.	24	35
Actinies.	24	48
Ægilops.	1	181
Aérolithes.	1	181
Agame.	1	214
Agami.	24	54
Agaric.	1	217
Agate.	1	217
Agave.	1	219
Agglomérat.	1	232
Aigle.	1	256
Aigrette.	24	78
Aiguillon.	24	79
Ailes.	1	262
Aimant.	1	266
Albâtre.	1	286
Albatros.	1	288
Albinos.	1	292
Alcyon.	24	81
Algues.	1	311
Allaitement	1	322
Alouette.	24	143
Alvéoles.	1	361
Amande et amandier.	2	4
Ambidextre.	2	16
Ambre gris.	2	19
Ambroisie.	2	21
Amilbe.	2	56
Ammoniaque.	2	66
Ammonites.	24	156
Amome.	2	76
Amphibie.	2	103
Anabas.	24	160

HISTOIRE NATURELLE, suite.

	Tomes.	Pages.
Anatife.	24	161
Anatomie.	2	155
Androgine.	2	176
Anémone.	2	176
Animal.	2	201
Animalcules.	2	219
Animaux fossiles.	2	220
Animaux hivernants.	25	166
Animaux invertébrés.	25	206
Anneaux.	2	242
Annélides.	2	248
Antennes.	2	259
Anthropolite.	2	259
Anthropomorphes.	2	260
Anthropophages.	2	261
Antilope.	2	273
Anus.	2	288
Anus.	24	172
Aplysie.	24	178
Appât.	2	314
Apodes.	24	181
Aptères.	2	333
Arachnides.	2	368
Aranéides.	2	371
Arbres.	2	388
Argonaute.	3	58
Argonaute.	24	193
Armes.	3	119
Arragonite.	3	134
Articulations.	3	157
Articulés.	3	157
Asbeste.	3	205
Ascidie.	24	225

HISTOIRE NATURELLE, suite.	Tomes.	Pages.
Aspic.	24	229
Astéries.	24	240
Autruche.	3	350
Avalanches.	3	352
Avortement.	3	360
Ayapana.	3	363
Azédarach melia.	3	364
Badiane.	4	16
Baie.	4	22
Balanciers.	4	37
Balanciers.	24	290
Baliste.	4	41
Balsamine.	4	46
Bambou.	4	46
Bananier.	4	49
Banes.	4	52
Baobab.	4	62
Basalte.	4	92
Basilic.	4	104
Bassins.	4	114
Batraciens.	24	294
Bec.	24	295
Bimanes.	4	270
Bismuth.	4	286
Bitume.	4	286
Blaireau.	4	287
Blatte.	24	316
Bœuf.	4	301
Bois.	4	311
Bois.	4	324
Botanique.	4	334
Bouche.	4	336
Bourdon.	4	355

HISTOIRE NATURELLE, SUITE

	Tomes.	Pages.
Bourdonnement.	4	355
Bourgeon.	4	355
Brachiopodes.	24	326
Branchies.	5	1
Brayère.	5	2
Butor.	24	335
Cabiai.	5	67
Cabinet d'histoire naturelle.	5	68
Calamus aromaticus.	5	94
Calandre.	5	95
Calao.	5	98
Caméléon.	5	155
Campagnol.	5	159
Canard.	5	208
Cantharide.	5	236
Capricorne.	5	287
Caprification.	5	287
Carabiques.	5	295
Carnassiers.	5	314
Carnivores.	5	318
Casoar.	6	8
Castor	6	16
Cendres de Volcan	6	87
Céphalopodes.	6	97
Cercaires ou Cercariées.	6	102
Cerf.	6	108
Cétacés.	6	131
Chacal.	24	368
Chameau.	6	176
Chaos.	6	201
Charançon.	6	209
Chat.	6	259
Chéiroptères.	6	283

HISTOIRE NATURELLE, SUITE.

	Tomes.	Pages.
Chéloniens	24	374
Cheval.	6	308
Chèvre.	6	340
Chevrotain.	6	345
Chien.	6	346
Chien.	24	374
Chondroptérygiens.	24	386
Cicindelettes.	7	49
Cigale.	7	56
Cigogne.	7	57
Cirrhipèdes.	7	95
Cloporte.	24	388
Clupes.	7	158
Coati.	7	158
Cobaye.	7	160
Cochenille.	7	161
Cochon.	7	164
Cœur.	7	190
Coléoptères.	24	389
Colibri.	7	208
Conchifères.	8	68
Conferves.	8	110
Coquille.	8	275
Corail.	8	295
Coraline.	8	297
Corbeau.	8	297
Cormoran.	8	317
Corne d'Ammon.	8	318
Cornes.	8	319
Coryphœne.	8	329
Coucou.	8	340
Courlis ou Courlieu.	8	353
Courtillière.	8	354

HISTOIRE NATURELLE, SUITE.	Tomes.	Pages.
Cousin	8	356
Crapaud	9	1
Création	9	8
Cristallisation	9	31
Crocodile	9	49
Crustacés	9	99
Cyclope	9	175
Cyclostomes	24	431
Cyprin	9	179
Dégénérescence	9	271
Dents	9	314
Derme	9	329
Dermestes	9	319
Desman	10	11
Dindon	10	166
Diptères	10	188
Doigts	10	267
Domestication	24	475
Dragon	10	316
Dronte	10	356
Dytique	10	395
Ecaille	11	40
Echassiers	25	1
Echinodermes	11	46
Ecureuil	11	122
Edentés	11	130
Eléphant	11	269
Elytres	11	305
Engoulevent	11	383
Entomologie	11	397
Entomostracés	11	397
Entozoaires	11	398
Ephémères	12	1

HISTOIRE NATURELLE, SUITE.

	Tomes.	Pages.
Epiderme.	12	22
Eponge.	12	48
Equille..	12	74
Erpétologie.	12	92
Escarbot.	12	95
Esoce, Ezox	12	104
Esturgeon..	12	124
Etourneau..	12	190
Events..	12	222
Exocet ou poisson volant..	12	254
Faisan.	12	312
Fanon..	12	321
Faucheur ou faucheux.	12	341
Faucon.	12	342
Fauvettes.	12	345
Fœtus..	13	51
Foie.	13	57
Forficule	13	111
Fossiles.	13	135
Foulque.	13	151
Fourmi.	13	151
Fourmilier.	13	151
Frégate, Tachypètes.	13	184
Furie	13	216
Gade.	13	219
Galère..	25	111
Gallinacés.	13	228
Gastéropodes.	25	118
Gastérostée.	13	261
Gecko..	13	272
Génération..	13	288
Géologie.	13	308
Gerboise.	13	324

HISTOIRE NATURELLE, SUITE.

	Tomes.	Pages.
Girafe	13	333
Grillon	13	416
Guêpes	25	162
Hamster	14	10
Hanneton	25	162
Hermaphrodite	14	44
Hémiptères	25	164
Hermine	25	165
Hétérogynes	14	54
Hippopotame	14	77
Hirondelle	14	78
Hirudinées	14	79
Homme	14	105
Houille	14	152
Hydrocanthares	14	173
Hydrophytes	14	174
Hyène	14	175
Hyménoptères	25	195
Ibis	14	198
Ichthiologie	14	199
Infusoires	14	275
Insectes	14	289
Insectivores	14	293
Instinct	14	293
Justa-position	14	408
Kermès	14	410
Lamproie	15	18
Langouste	15	22
Larves	15	53
Lépidoptères	25	251
Léviathan	15	101
Lézard	15	103
Licorne	15	130

HISTOIRE NATURELLE, SUITE.

	Tomes.	Pages.
Lièvre.	15	132
Loir.	15	194
Lombric.	15	207
Loup.	25	260
Loutre.	15	215
Lymphe.	15	250
Madrépores.	15	266
Malacoptérygiens.	25	266
Mammalogie.	15	330
Mammifères.	15	333
Mangouste.	15	340
Marmotte.	15	398
Marsupiaux.	15	404
Marte.	15	405
Méduse.	16	17
Ménagerie.	16	38
Métamorphoses.	16	80
Méthode.	16	114
Microscopiques.	16	142
Miel.	16	149
Migrations.	16	146
Mollusques.	16	213
Muscides.	16	330
Myriapodes.	25	298
Naturaliste.	17	11
Névroptères.	25	329
OEuf.	17	162
Oiseaux.	17	169
Orphidiens.	25	343
Ornithorynque.	25	348
Orthoptères.	25	348
Ostracés.	17	261
Papillon.	17	317

HISTOIRE NATURELLE, SUITE.

	Tomes.	Pages.
Perle	18	104
Pétrification	18	142
Poule	19	19
Psychodiaire	19	215
Ptéropodes	19	223
Pupipares	19	235
Quadrumanes	19	248
Quadrupèdes	19	250
Raies	25	392
Rongeurs	20	184
Ruminants	20	222
Sangsues	20	308
Sauriens	25	403
Sauterelle	20	341
Sauvage	20	344
Scorpion	21	15
Serpents	21	100
Sexe	21	115
Singes	21	136
Squales	25	421
Sylvie	21	363
Taxidermie	21	459
Torpille	22	227
Tortues	22	230
Trachée	22	256
Ver	23	106
Zoologie	23	356
Zoophytes	23	369

Voyez la *Minéralogie*, la *Géologie*, la *Botanique*, la
Physiologie et la *Zoologie*.

HORLOGERIE.

	Tomes.	Pages.
Horlogerie.	14	142
Montre.	16	251
Pendule.	18	57

Voyez la *Mécanique*.

HORTICULTURE.

Berceau.	4	228
Jardin.	14	358
Potager.	19	1
Taille.	21	421

Voyez la *Physiologie végétale*.

HYDRAULIQUE.

Hydraulique.	14	168
Aqueduc.	2	333
Charpente.	6	219

Voyez la *Mécanique*.

HYDRODYNAMIQUE.

Hydrodynamique.	14	175
Ecoulement.	11	108
Turbine.	25	465

HYDROSTATIQUE.

Hydrostatique.	14	175
Pompe.	18	333

(69)

HYGIÈNE.	Tomes.	Pages.
Hygiène.	14	176
Acclimatement.	24	33
Marais..	15	353
Miasmes.	16	131
Régime.	19	345
Vêtements..	23	191

Voyez la *Médecine*.

HYGIÈNE PUBLIQUE.

Désinfection.	10	2
Infanticide.	14	253
Lazaret.	15	53
Peste.	18	136

Voyez la *Médecine légale*.

I.

I. (Grammaire et Antiquités).	14	197

IMPRIMERIE.

Imprimerie. Voyez typographie.	22	434
Estampe.	12	110
Nielle.	17	70

INDUSTRIE.

Industrie.	14	247
Arts et Métiers.	3	187
Brevet d'invention, d'importation et de perfection .	14	336
Exposition.	12	284

INDUSTRIE, SUITE.   Tomes.   Pages.

Manufactures.   15   341
Voyez les articles de la *Technologie.*

INSTRUCTION PUBLIQUE.

Instruction publique   14   304
Baccalauréat , Bachelier.   24   289
Ecole normale.   17   88
Ecole polytechnique.   18   330
Etude du Grec et du Latin   12   195
Livres élémentaires.   11   259

J.

J. (Grammaire et Antiquités).   14   351

JURISPRUDENCE.

Jurisprudence , voyez science du droit.   21   4
Jurisprudence.   25   233
Abandon.   24   1
Acquittement.   24   46
Amende honorable.   24   152
Apports.   24   185
Arrérages.   24   197
Arrestation.   24   198
Arrêt.   24   198
Arrhes.   24   198
Ascendants.   24   222
Assignation.   24   232
Assises   24   233
Atermoiement.   24   245

JURISPRUDENCE, SUITE.

	Tomes.	Pages.
Attentat.	24	263
Aubaine.	24	270
Audience.	24	271
Auditeur.	24	271
Aveu.	24	285
Bailli, Bailliage.	24	289
Ban.	24	290
Banalité.	24	291
Baraterie de patron.	24	291
Change.	24	371
Collatéral.	24	391
Conseil.	24	407
Conseil d'Etat.	8	154
Coutumes.	24	420
Cure, Curé.	9	151
Déchéance	24	450
Décret.	9	244
Dédit.	24	450
Défaut.	24	451
Défendeur, demandeur.	24	452
Délaissement.	24	452
Déni de justice.	24	456
Dépôt.	24	458
Désistement.	24	459
Dommage.	24	479
Dommages-intérêts.	24	480
Donation.	24	481
Douaire.	24	482
Droit romain.	25	399
Emancipation.	25	17
Jugement, arrêt.	14	390
Légalisation.	25	246
Peine capitale.	24	356

JURISPRUDENCE, SUITE.	Tomes.	Pages.
Preuve.	19	78
Rente viagère.	25	493
Rétroactivité.	25	397
Saisie.	20	273
Séparation.	21	83
Témoignage, Témoin.	25	443
Transaction.	22	312

Voyez les articles du *Droit*, de la *Législation* et de la
Lexicologie.

K.

K. (Grammaire et Antiquités).	14	409

L.

L. (Grammaire, Antiquités et Numismatique).	15	1

LÉGISLATION.

Abrogation.	1	43
Absence, absent.	1	44
Abstention de lieu.	1	50
Acceptation.	1	92
Accession.	1	92
Accessoire.	1	93
Accouchement	1	99
Accusation.	1	101
Achat.	1	112
Acquêt.	1	138
Acquiescement.	1	138
Acquit.	1	139

LÉGISLATION, SUITE.	Tomes.	Pages.
Acte..	1	140
Acte de notoriété.	17	101
Actif..	1	143
Action	1	145
Adhésion.	1	156
Adjudication.	1	160
Adoption..	1	169
Adultère.	1	173
Affiches.	1	182
Ages.	1	226
Agréé.	1	240
Alibi.	1	312
Aliénation.	1	312
Aliments..	1	321
Allocation.	24	140
Alluvion..	1	354
Amende.	2	34
Amortissement.	2	83
Annate.	2	240
Antichrèse.	2	263
Aphorisme.	2	289
Appel.	2	315
Appel comme d'abus.	1	62
Arbitrage.	2	374
Assurance.	3	267
Avocat.	3	358
Avoué.	3	362
Bagnes.	4	18
Bail.	4	22
Barreau.	4	81
Brevet d'invention.	14	336
Capitulaires.	5	268
Cassation.	6	10

(74)

LÉGISLATION, SUITE.

	Tomes.	Pages.
Caution.	6	65
Cheptel.	6	307
Citation.	7	99
Code civil.	7	169
Code d'instruction criminelle..	14	299
Code de commerce.	8	13
Code forestier.	13	97
Code maritime.	15	392
Code pénal.	18	25
Compétence.	8	33
Conflit d'attribution	8	113
Conseils de Prud'hommes.	19	204
Contrainte par corps.	8	225
Contrat.	8	228
Contravention.	8	237
Convention.	8	261
Cour des comptes.	8	63
Cours d'assises.	24	233
Cours prévôtales.	19	83
Crime	9	21
Délation.	9	284
Délégation..	9	288
Délibération.	9	289
Délit.	9	290
Discipline.	10	189
Divorce.	10	249
Domaine.	10	268
Domicile	10	287
Dot.	10	294
Douanes	10	299
Droit.	10	333
Epreuves judiciaires.	12	62
Etat civil.	12	138

LÉGISLATION, suite.	Tomes.	Pages.
Etrangers.	12	191
Exhérédation.	12	252
Faillite.	12	308
Huissiers.	14	163
Hypothèques.	14	189
Intérêt.	14	323
Jugement, arrêt	14	390
Jury.	14	394
Justice.	14	398
Libéralités.	15	105
Lois agraires.	1	237
Magistrat, Magistrature	15	276
Majorat.	15	313
Ministère public.	16	177
Nantissement.	17	5
Naturalisation.	17	9
Notaire.	17	91
Obligation.	17	131
Octrois.	17	151
Pacte.	17	273
Pairie.	17	278
Parlement.	17	346
Polygamie.	18	325
Ports francs.	18	385
Pragmatiques-sanctions.	19	26
Prescription.	19	51
Président	19	54
Prêt.	19	73
Prisons.	19	99
Procédure.	19	127
Publicité.	19	223
Quasi-contrat.	19	262
Réhabilitation.	19	350

LÉGISLATION, SUITE.   Tomes.   Pages.

Réparation civile   20   32
Science du droit.   21   4
Servitude..   21   106
Sociétés.   21   164
Substitution.   21   315
Tribunaux.   22   340
Tribunaux d'exception   19   83
Vente.   23   99
Voyez le *Droit*, la *Jurisprudence* et la *Lexicologie*.

LEXICOLOGIE.

Charte.   6   237
Concordat.   8   76
Conseil d'Etat.   8   154
Constitution.   8   182
Contre-canon et contre-loi.   8   239

LIEUX DESTINÉS A LA SÉPULTURE.

Catacombes.   6   27
Cimetières.   7   59
Epitaphe   12   41
Sépulture, Funérailles.   21   86
Tombe, Tombeau.   22   201

LITTÉRATURE.

Littérature.   15   160
Académie.   1   74
Acrostiche.   1   140
Allégorie.   1   325

LITTÉRATURE, SUITE.

	Tomes.	Pages.
Alliance de mots	1	347
Allusion	1	353
Amplification	2	112
Anacréontique	2	124
Analyse	2	131
Anciens	2	159
Antithèse	2	287
Apologue	2	292
Apostrophe	2	300
Atticisme	3	329
Ballade	4	42
Bardes	4	68
Bel Esprit	4	218
Bergerie	4	222
Bucoliques	5	42
Burlesque	5	58
Cacophonie	5	78
Cadence	5	80
Catachrèse	6	26
Chanson	6	194
Chœur	7	11
Classique	7	123
Comédie	7	342
Concours	8	86
Conte	8	216
Critique	9	43
Didactique	10	62
Dithyrambes	10	224
Drame	10	320
Eglogue	11	148
Eloges académiques	11	280
Epître	12	45
Fable	12	287

LITTÉRATURE, SUITE.	Tomes.	Pages.
Fabliau.	12	291
Goût.	13	352
Grâce.	13	368
Homme de Lettres.	15	89
Inscription.	14	285
Jeux floraux.	25	72
Libelle.	15	104
Madrigal.	15	266
Mémoires.	16	31
Merveilleux.	16	65
Orthographe.	17	255
Parodie.	17	352
Plagiat.	18	221
Poésie.	18	254
Proverbe.	19	198
Rhétorique, Rhéteurs.	20	126
Romans.	20	164
Romantisme.	20	181
Satire.	20	329
Style.	21	310
Style épistolaire.	12	39
Théâtre.	22	83
Traduction.	22	265
Tragédie.	22	271
Troubadour.	22	367
Vaudeville.	23	68
Versification.	23	161

Voyez la *Poésie*.

LOGIQUE.

	Tomes.	Pages.
Certitude.	6	119
Démonstration.	9	300

LOGIQUE, SUITE.	Tomes.	Pages.
Induction.	14	241
Raisonnement.	19	301
Sciences d'observation.	17	134
Voyez la *Philosophie*.		

M.

	Tomes.	Pages.
M. (Grammaire, Numismatique et Antiquités). . .	15	252
Magie.	15	271

MARINE.

	Tomes.	Pages.
Marine.	15	384
Administration.	15	386
Abordage.	1	38
Académie de marine.	1	85
Amariner.	2	6
Amarres.	24	149
Amateloter.	2	7
Amener.	2	37
Amers.	2	52
Amiral.	2	59
Amirauté.	2	61
Ampoulette.	24	158
Amure.	24	158
Ancrage.	2	173
Ancre.	2	173
Anémomètre.	2	176
Apparaux.	2	310
Armer.	3	119
Armes.	3	122

MARINE, SUITE.

	Tomes.	Pages.
Arsenal maritime	3	142
Artillerie.	3	163
Artimon.	24	221
Atterrage.	3	328
Aviron.	3	358
Balise	4	40
Banc	4	51
Baptême	4	67
Bas-bord ou Babord	4	99
Bastingage	4	117
Batterie	4	180
Beaupré	4	218
Biscuit	4	285
Blocus	4	298
Bombarde	4	329
Bord	24	325
Bordage	24	325
Bordée	4	331
Bouée	4	349
Boulet	4	352
Bouline	4	352
Boussole	4	366
Branle	5	1
Brasse	5	1
Brick	24	327
Brisants	5	31
Brûlot	5	41
Câble	24	343
Cabotage	5	71
Caïc	5	93
Cale	5	101
Calfat	5	130
Calme	5	132

MARINE, SUITE.

	Tomes.	Pages.
Campagne	5	158
Canon	5	230
Cargaison	5	310
Catamaran ou Catimaron	6	45
Chameau	6	184
Chasse	6	251
Cloche	7	153
Combat naval	7	286
Compas	8	32
Constructions navales	8	190
Convoi	8	263
Cordage	8	301
Corvette	24	419
Croisière	9	84
Cutter	24	423
Ecoute	25	1
Ecoutilles	25	2
Felouque	25	63
Flotte	13	32
Flottille	13	33
Flux et reflux	13	44
Foc	25	84
Frégate	25	102
Fret ou Nolis	13	189
Gabare	25	106
Gabier	25	106
Gaillard	25	107
Galère	25	110
Galhauban	25	111
Goëlette	25	144
Gondole	25	146
Gouvernail	13	358
Hache d'armes	14	3

MARINE, SUITE.

	Tomes.	Pages.
Hamac.	14	8
Haubans.	25	163
Hune, Hunier.	25	186
Largue.	15	53
Loch.	15	176
Lof.	25	256
Lougre.	25	260
Marées.	15	375
Misaine.	25	290
Mouillage.	16	303
Mouiller.	16	307
Navigateurs.	17	41
Navigation.	17	46
Navigation à vapeur.	25	315
Pavillon.	17	390
Pêche, Pêcherie.	18	15
Perroquet.	25	356
Phare.	18	151
Pilotage.	18	203
Ports.	18	378
Quart.	19	258
Rame.	19	308
Recrutement.	19	318
Salaisons.	20	277
Sextant.	21	123
Signaux.	21	132
Tactique navale.	21	411
Torpille de guerre.	22	230
Vaisseau.	23	31
Vivres.	23	248
Voiles et vents.	23	262
Yacht.	25	502
Yole.	25	503

MATHÉMATIQUES.

	Tomes.	Pages.
Mathématiques.	15	421
Absent.	1	46
Addition.	1	153
Angulaire (Mouvement, Vitesse).	2	200
Adjacent.	1	156
Aire.	1	277
Alidade..	1	312
Aliquote.	1	322
Alliage.	1	344
Analyse.	2	133
Anamorphose.	2	139
Angles.	2	181
Annuité.	2	251
Anse de Panier.	2	255
Application de l'Algèbre à la Géométrie.	2	320
Approximation.	2	330
Arc.	3	6
Arpentage.	3	127
Assymtotes.	3	286
Axe..	3	363
Azimut.	24	287
Baze.	4	101
Binaire.	4	272
Binome.	4	273
Cadrans solaires.	5	81
Cercle.	6	105
Chiffres.	6	346
Choc des corps.	7	5
Circonférence.	7	66
Combinaisons.	7	323
Dynamique.	10	388
Elimination.	11	275
Fonctions.	13	75

MATHÉMATIQUES, SUITE.

	Tomes.	Pages.
Fractions.	13	152
Géodésie.	13	298
Géométrie.	13	319
Gravité.	13	396
Mesures.	16	75
Multiplication.	16	324
Nombres complexes.	8	43
Nombres figurés.	13	10
Principes des Aires.	1	279
Règle de compagnie.	8	30
Rentes.	20	29
Télescope.	22	18
Tontine.	22	221

Voyez l'*Arithmétique*, l'*Algèbre*, la *Géométrie*, etc.

MÉCANIQUE.

	Tomes.	Pages.
Mécanique.	16	4
Action	1	144
Ajutage.	1	280
Allésoir.	1	341
Balance	4	36
Cabestan.	5	67
Centre de gravité.	6	91
Centrifuge.	6	94
Centrobarique	6	95
Coin.	7	204
Equilibre.	12	73
Force, puissance.	13	93
Force accélératrice.	24	26
Frottement.	13	193
Hydraulique.	14	168
Levier.	15	101

MÉCANIQUE, suite.

	Tomes.	Pages.
Machines.	15	253
Moment.	16	219
Mouvement.	16	317
Mouvement accéléré.	24	26
Pendule.	18	61
Percussion.	18	89
Plan incliné.	18	237
Poulie.	19	21
Quantité de mouvement.	19	258
Résistance.	20	57
Romaine.	20	161
Rotation.	20	194
Roue.	20	196
Stabilité des corps flottants.	21	295
Treuil.	22	339
Vis.	23	240
Vitesse.	23	243

Voyez l'*Horlogerie* et l'*Hydrostatique*.

MÉDECINE.

	Tomes.	Pages.
Médecine	16	9
Abcès.	24	14
Absobants.	1	49
Abstinence.	1	50
Accouchement.	1	96
Acéphale.	1	106
Acné.	24	43
Acrodynie.	24	46
Acupuncture.	24	48
Adolescence.	1	165
Adoucissants	1	173
Affusion.	24	53
Ages.	1	221

MÉDECINE, SUITE.

	Tomes.	Pages.
Agglutinatifs.	1	232
Air atmosphérique.	1	271
Alcooliques.	1	300
Aliénation mentale.	1	313
Aliments.	1	315
Allaitement.	1	323
Altérants.	1	356
Amaurose.	24	149
Ambulance.	2	21
Ampoule.	24	157
Amputation.	2	114
Anatomie.	2	145
Anévrisme.	2	177
Angine.	24	163
Anodins.	2	253
Anti-émétique.	2	264
Antiphlogistique.	24	170
Antiseptiques.	2	285
Antispasmodiques.	2	286
Antisyphilitiques.	2	287
Anus.	24	173
Apéritifs.	2	289
Aphonie.	24	175
Aphrodisiaques.	2	290
Aphthes.	24	175
Apoplexie.	2	295
Appétit.	2	317
Artères.	24	209
Articulation.	24	220
Asphyxie.	3	220
Audition.	3	332
Auscultation.	3	335
Ausculation.	24	276

MÉDECINE, SUITE.

	Tomes.	Pages.
Autopsie cadavérique.	3	339
Avortement.	3	358
Bains.	4	25
Bassin.	4	113
Bégaiement	24	299
Boissons.	4	326
Brownisme.	5	37
Calculs.	5	99
Cancer.	5	227
Carreau.	5	320
Catalepsie.	24	362
Cataracte.	6	45
Catarrhe.	6	49
Cauchemar	24	364
Cheveux.	6	338
Choléra-morbus.	24	377
Chorée.	24	387
Colique.	7	210
Contagion.	8	205
Contro-stimulisme.	24	417
Convulsions.	24	418
Coqueluche.	24	418
Cors aux pieds.	8	291
Cosmétique	8	330
Croup.	9	93
Danse de Saint-Guy.	24	446
Délire.	24	452
Dentition.	9	319
Dents.	9	345
Diagnostic.	10	51
Diète.	10	82
Doctrine.	10	260
Dyssenterie.	10	391

MÉDECINE, SUITE.	Tomes.	Pages.
Eclectisme.	11	57
Endémie.	25	24
Enfance.	11	364
Engelure.	25	25
Epidémie.	12	10
Epilepsie.	12	28
Ergot.	12	87
Erysipèle.	25	31
Eunuque.	12	230
Excitants.	12	243
Femmes.	12	356
Fièvre.	13	2
Fièvres intermittentes.	25	201
Folie ou aliénation mentale.	13	60
Fonctions.	13	73
Furoncle.	25	105
Gale.	25	107
Gangrène.	13	241
Gastralgie, Gastro-Entéralgie.	25	118
Gastrite, Gastro-Entérite.	25	121
Génération.	13	282
Glandes amygdales.	24	159
Gottre.	25	144
Goutte.	13	355
Grippe.	25	157
Grossesse.	13	418
Hémorragies.	14	30
Hémorroïdes.	14	32
Hernie.	14	45
Homœopathie.	25	182
Hôpitaux militaires.	14	136
Hospices et hôpitaux civils.	14	146
Humeur.	14	165

MÉDECINE, SUITE.

	Tomes.	Pages.
Hydrophobie, Rage.	19	290
Hygiène.	14	176
Hypocondrie.	14	185
Hystérie.	14	195
Iléus.	14	209
Impuissance.	14	230
Inflammation.	14	265
Intestins.	14	327
Léthargie.	15	81
Magnétisme animal.	25	265
Maisons de santé.	15	306
Maladies.	15	316
Maladies cutanées.	15	321
Maladies de la vessie.	23	176
Maladies de poitrine.	18	290
Médecine physiologique.	25	278
Médicaments.	16	15
Migraine.	25	288
Mortalité.	16	287
Névroses.	17	63
Nutrition.	17	121
Oreille.	17	235
Orthopédie.	17	257
Paralysie.	17	333
Pathologie.	17	375
Péritonite.	18	103
Peste.	18	136
Phlegmasie.	18	174
Poison.	18	267
Pouls.	19	21
Poumon.	19	24
Quinquina.	19	265
Rachis.	19	277

MÉDECINE, SUITE.

	Tomes.	Pages.
Rate.	19	310
Régime.	19	345
Reins.	19	354
Rhumatisme.	20	133
Sage-femme.	20	256
Saignée.	20	259
Sarcocèle.	20	319
Scarlatine.	20	356
Sciatique.	21	2
Scorbut	21	11
Scrofules.	21	17
Secours aux noyés.	17	102
Service de santé	21	105
Sourd-muet.	21	240
Stéthoscope.	21	301
Surdité.	21	355
Symptôme.	21	371
Syphilis.	21	379
Teigne.	22	1
Tempérament.	22	23
Tétanos.	22	75
Thérapeutique.	22	144
Thermes.	22	151
Thyrocèle.	22	157
Tisane.	22	170
Tissus.	22	176
Tonique.	22	210
Typhus.	22	420
Ulcère.	22	452
Urine.	22	486
Vaccine.	23	21
Variole.	23	56
Variole, Varioloïde, Vaccine.	25	478

MÉDECINE , SUITE.

	Tomes.	Pages.
Ventouses.	23	104
Vents.	23	105
Vers.	23	147
Vésicatoire.	23	174
Vieillesse.	23	207
Vomique.	23	322
Vomissement.	23	323
Zoo-magnétisme.	23	357

Voyez la *Chirurgie*, l'*Hygiène*, la *Pharmacologie*, la *Thérapeutique* et la *Toxicologie*.

MÉDECINE LÉGALE.

	Tomes.	Pages.
Médecine légale.	16	12
Arsenic.	24	198
Combustion humaine spontanée.	7	336
Infanticide.	14	253
Salubrité.	20	292
Strangulation.	21	305
Part.	17	355
Médecine judiciaire.	16	12

Voyez l'*Hygiène publique*.

MÉDECINE VÉTÉRINAIRE.

	Tomes.	Pages.
Vétérinaire.	23	195
Morve.	16	293

MÉTAPHYSIQUE.

	Tomes.	Pages.
Métaphysique.	16	81
Ame.	2	25

METAPHYSIQUE, suite.	Tomes.	Pages.
Déisme.	9	279
Génie.	13	289
Notion.	17	97
Théisme.	22	101
Voyez la *Philosophie*.		

MÉTÉOROLOGIE.

	Tomes.	Pages.
Météorologie.	16	106
Grêle.	13	413
Halos	25	162
Météores.	16	106
Neige.	17	54
Nuages.	17	108
Orage.	17	215
Uranolithes.	22	480
Voyez la *Physique*.		

MINÉRALOGIE.

	Tomes.	Pages.
Minéralogie.	16	154
Aigue-marine.	24	79
Ardoise.	3	47
Argent.	3	52
Argile.	3	56
Béryl.	24	316
Clivage.	24	387
Corindon.	24	419
Cristallisation.	9	31
Diamant.	24	461
Emeraude.	25	23
Marbres.	15	358
Métaux.	16	87

MINÉRALOGIE, suite.	Tomes.	Pages.
Mines.	16	166
Pierres précieuses.	18	193
Roches.	20	142

Voyez la *Géologie* et l'*Histoire naturelle*.

MORALE.

	Tomes.	Pages.
Morale.	16	262
Action.	1	144
Activité.	1	152
Adage.	24	50
Ambition.	2	17
Ame.	2	32
Amitié.	2	62
Amour.	2	83
Amour de soi.	2	86
Amour-propre.	2	94
Apophthegme.	24	182
Armoiries.	3	123
Athéisme.	3	292
Axiome.	24	286
Bâtard.	4	166
Bête et bêtise.	4	233
Bien et mal.	4	255
Bienséance.	4	265
Bon sens.	4	330
Calomnie.	5	132
Candeur.	5	230
Caractères.	5	295
Célibat.	6	81
Cérémonies.	6	107
Charlatan.	6	213
Civilisation.	7	100

MORALE, SUITE.

	Tomes.	Pages.
Civilité.	7	112
Civique.	7	115
Colère.	7	205
Conscience.	8	142
Convenances.	8	259
Conversation.	8	261
Curiosité.	9	158
Décalogue.	9	215
Devoirs.	10	48
Duel.	10	382
Femme.	12	352
Homicide, suicide.	13	66
Honneur.	14	133
Jeux.	14	366
Justice.	14	398
Loterie.	15	211
Luxe.	15	244
Mode.	16	203
Mœurs.	16	206
Mysticisme.	16	353
Paradis, Enfer.	17	322
Passions.	17	366
Perfectibilité.	18	97
Physionomie.	18	184
Prières.	19	85
Religion.	19	365
Sacrilège.	20	251
Suicide.	21	344
Vertu.	23	165
Vice.	23	199
Vigilance.	23	209

Voyez la *Philosophie*.

MUSIQUE.	Tomes.	Pages.
Musique .	16	337
A.	1	3
Académie de musique .	1	85
Accident.	1	93
Accidentel.	1	93
Accompagnement.	1	95
Accord.	1	95
Accorder.	1	95
Accordeur.	1	96
Acoustique.	1	138
Adagio.	24	50
Aigu.	1	259
Air .	1	277
Aliquotes.	1	322
Allegro.	24	140
Altération.	1	357
Ame .	2	32
Andante .	24	163
Appoggiature .	2	323
Archet.	3	28
Ariette.	3	71
Arpége.	3	127
Authentique ou Authenti.	3	335
B.	4	2
Ballade.	4	43
Barcarolle .	4	68
Barres.	4	91
Baryton.	4	92
Bas.	4	92
Basse .	4	105
Bécarre.	24	298
Bémol.	24	311
C.	5	62

MUSIQUE , suite.	Tomes.	Pages.
Cadence	5	81
Cantabile	5	236
Cantate	5	236
Cantique	5	238
Cavatine	6	78
Chaconne	6	158
Chalumeau	6	176
Chanson	6	199
Chant	6	200
Chanterelle	6	201
Chiffres	6	346
Chœur	7	18
Chromatique	7	33
Chronomètre	7	49
Clarinette	7	122
Clavier	7	134
Clef	7	134
Comma	8	1
Compositeur	8	44
Composition	8	47
Concert	8	67
Concertant , Concertante	8	67
Concerto	8	68
Concordant	8	76
Conservatoire	8	166
Consonnance	8	175
Contre	8	238
Contre-alto	8	239
Contre-point	8	242
Cor	8	293
Crescendo	9	20
Diapason	10	53
Dièse	10	82

MUSIQUE, SUITE.	Tomes.	Pages.
Diminué.	10	164
Direct.	10	189
Dissonances et dissonants.	10	216
Facteur.	12	292
Fugue.	13	199
Gamme ou Echelle musicale.	13	239
Genre.	13	296
Instruments de musique.	16	339
Harmonie.	14	27
Mélodie.	16	23
Nocturne.	17	84
Notes.	17	96
Orchestre.	17	218
Polonaise.	18	325
Quarte.	19	261
Quinte.	19	264
Romance.	20	162
Rondeau.	20	184
Solfège.	21	201
Son.	21	221
Symphonie.	21	367
Ton.	22	205
Voix.	23	289

MYTHOLOGIE.

	Tomes.	Pages.
Mythologie.	16	359
Adonies.	24	51
Ambarvales.	24	152
Ammon.	24	153
Anubis.	24	171
Apis.	24	176

MYTHOLOGIE, SUITE.	Tomes.	Pages.
Cyclopes.	24	429
Démon, Démons..	9	300
Isis.	25	211
Théogonie.	22	119
Voyez les *Antiquités*.		

N.

N. (Grammaire et Antiquités).	17	1

NAVIGATION INTÉRIEURE.

Navigation.	17	46
Barque.	4	76
Bateau à vapeur.	24	294
Canal.	5	180
Constructions navales.	8	190
Navigation à vapeur..	25	315
Travaux de navigation.	17	46

NUMISMATIQUE.

Numismatique.	17	113
Bronze..	5	33
Médaille.	16	5
Voyez chacune des lettres pour les médailles.		

O.

O. (Grammaire et Antiquités).	17	128

ORDRES D'ARCHITECTURE	Tomes.	Pages.
Toscan ou Etrusque.	12	193
Dorique.	10	289
Ionique.	14	339
Corinthien.	8	314
Composite ou Romain.	3	37

P.

P. (Grammaire et Antiquités).	17	271

PHARMACIE.

Pharmacie.	18	153
Médicaments.	16	15

PHARMACOLOGIE.

Aloès	24	142
Angélique.	24	163
Aspic.	24	231
Assa fœtida.	24	231
Baume.	24	295
Belladone.	24	310
Gomme ammoniaque.	24	155
Ipécacuanha.	25	208
Jalap.	25	215
Manne.	25	270
Opium.	17	209

Voyez la *Médecine.*

PHILOSOPHIE.

Philosophie.	18	157

PHILOSOPHIE, suite.	Tomes.	Pages.
Absolu.	1	48
Abstraction.	1	56
Action intellectuelle.	1	144
Activité.	1	147
Ame.	2	25
Amour-propre.	2	95
Analogie.	2	128
Arts.	3	171
Athéisme.	3	292
Beau, Beauté.	4	189
Cartésianisme.	5	329
Cause.	6	56
Certitude.	6	119
Clergé français.	7	146
Connaissance.	8	140
Conscience.	8	142
Culte.	9	127
Découverte, Invention.	9	239
Déisme.	9	279
Démonstration.	9	300
Distance.	10	219
Fatalité.	12	337
Gloire.	13	341
Goût.	13	352
Imagination.	14	212
Immortalité.	14	219
Induction.	14	241
Libre arbitre.	15	127
Livres élémentaires.	11	259
Logique.	15	187
Mages.	15	269
Matérialisme.	15	415
Matière.	15	421

PHILOSOPHIE, SUITE.	Tomes.	Pages.
Mémoire.	16	28
Métaphysique.	16	81
Méthode.	16	111
Mort.	16	284
Nature.	17	15
Newtonianisme.	17	66
Notion.	17	97
Pensée.	18	76
Phrénologie.	25	357
Préjugés.	19	42
Raison.	19	295
Raisonnement.	19	301
Religion.	19	365
Sauvage.	20	344
Scepticisme.	20	359
Sciences.	21	5
Sciences d'observation.	17	134
Sensation, sensibilité, sentiment.	21	72
Société.	21	155
Spiritualisme et Matérialisme.	21	270
Superstition.	21	352
Système.	21	385
Talisman.	21	440
Théisme.	22	101
Théorie.	22	141
Théosophie.	22	143
Tombe, Tombeau.	22	201
Unité.	22	463
Univers.	22	467
Université.	22	474
Vérités.	23	114
Vie.	23	204
Volonté.	23	305

PHILOSOPHIE, SUITE.   Tomes.   Pages.

Zénonisme.   23   346
Voyez la *Logique*, la *Métaphysique*, la *Morale* et
    la *Psychologie*.

PHILOSOPHIE ANCIENNE.

Académie.   1   87
Aristotélisme.   3   75
Cynisme.   9   177
Cyrénaïsme.   9   185
Dualisme.   10   377
Eclectisme.   11   51
Eléatisme.   11   192
Epicuréïsme.   12   5
Mégarisme.   16   17
Péripatéticiens.   18   97
Platoniciens.   18   243
Pythagoriciens.   19   240
Socratisme.   21   175

PHILOSOPHIE DU MOYEN-AGE.

Scholastique.   20   316

PHILOSOPHIE MODERNE.

Baconisme.   4   6
Leibnitzianisme.   15   74
Lockisme.   15   178

Philosophie des Arabes.   2   341

PHYSIOLOGIE GÉNÉRALE.

	Tomes.	Pages.
Physiologie.	18	182
Acéphale.	1	109
Monstre.	16	241
Vie.	23	204

PHYSIOLOGIE ANIMALE.

Absorption.	24	18
Angle facial.	24	165
Antagonisme.	24	169
Chaleur.	6	162
Circulation du sang.	7	70
Digestion.	10	139
Embryon	25	20
Encéphale , Crâne.	11	329
Faim.	25	56
Femmes.	12	356
Humeur.	14	165
Lait.	15	12
Magnétisme animal.	23	357
Mort.	16	284
Mutisme.	16	341
Nutrition.	17	121
Odeurs.	17	155
OEil.	17	156
Organisation.	17	240
Organologie.	17	247
Pensée.	18	76
Rate.	19	310
Respiration.	20	63
Sang.	20	305
Santé.	20	310
Sécrétions.	21	36

PHYSIOLOGIE ANIMALE, SUITE.

	Tomes.	Pages.
Sommeil.	21	204
Squelette	21	294
Stérilité.	21	300
Toucher.	25	458
Vieillesse.	23	207
Voies Lacrymales.	25	237
Voix.	23	288

PHYSIOLOGIE VÉGÉTALE.

Physiologie végétale.	18	184
Sève.	21	108
Sol.	21	182
Taille.	21	421
Tige	22	164

Voyez l'*Histoire naturelle*.

PHYSIQUE.

Physique.	18	186
Aberration	1	27
Achromatisme.	1	114
Acoustique.	1	138
Adhésion.	1	155
Aérostat	1	181
Agrégation	1	241
Air.	1	268
Arc-en-Ciel.	3	16
Aréomètre..	3	49
Armature.	24	195
Atmosphère.	3	306
Atmosphère , Air atmosphérique.	24	251

PHYSIQUE, SUITE.

	Tomes.	Pages.
Attraction.	24	267
Aurore boréale.	3	334
Ballon ou fontaine de Héron.	4	45
Baromètre.	4	73
Boussole.	4	364
Calorique.	5	138
Cohésion.	7	200
Comète.	7	355
Condensation.	8	100
Conducteurs.	8	101
Couleurs.	8	342
Courant.	8	345
Déclinaison de l'aimant.	9	238
Densité.	9	306
Diffraction.	10	136
Dilatation.	10	153
Dioptrique.	10	167
Dispersion.	10	208
Divisibilité.	10	226
Doubleur d'électricité.	10	304
Ductilité.	10	381
Ebullition.	11	37
Echo.	11	49
Elasticité.	11	189
Electricité.	11	213
Electro-magnétisme.	25	13
Ether.	12	163
Evaporation.	12	220
Expansion.	12	257
Fantasmagorie.	25	64
Feu.	12	391
Fluides et Fluidité.	13	42
Flux et Reflux.	13	44

PHYSIQUE , suite.	Tomes.	Pages.
Fontaines périodiques	13	87
Froid	13	191
Froids artificiels	25	103
Galvanisme	13	230
Gaz	13	262
Glace	13	333
Goniomètre	25	147
Gravitation	25	154
Liquides et liquidité	15	144
Lumière	15	217
Lunette	25	262
Lunettes	15	235
Machine pneumatique	15	257
Magnétisme	15	282
Manomètre	25	272
Marées	15	375
Météores et Météorologie	16	106
Mètre	25	287
Micromètre	16	132
Microscope	16	135
Mirage	16	197
Ombre	17	186
Ondulation	17	191
Optique	17	212
Orage	17	215
Paratonnerre	17	335
Pendule	18	61
Perspective aérienne	18	124
Pesanteur	18	128
Phénomènes capillaires	5	249
Phénomènes des Tubes capillaires	22	384
Photomètre	18	178
Plongeur	18	249

PHYSIQUE , suite.

	Tomes.	Pages.
Pluie	18	251
Polarisation	18	293
Polarisation	25	378
Porosité	18	377
Prisme	19	98
Pyromètre	19	238
Raréfaction	19	310
Réflexion	19	327
Réfraction	19	336
Son	21	208
Télescope	22	18
Température	22	27
Thermomètre	22	152
Tonnerre	22	213
Trombe	22	361
Vapeur	23	40
Vent	23	93
Vents	23	262
Vibration	23	198
Vide	23	204
Ypsométrie	23	340

Voyez l'*Hydrodynamique* et la *Météorologie*.

PHYSIQUE TERRESTRE.

Lignes Isothermes	25	213

POÉSIE.

Poésie	18	254
Elégie	11	248
Epigramme	12	23

POÉSIE, SUITE.

	Tomes.	Pages.
Epithalame.	12	43
Epopée.	12	50
Fable.	12	288
Fabliau.	12	291
Merveilleux.	16	65

Voyez la *Littérature*.

POIDS ET MESURES.

Are.	24	190
Gramme.	25	153
Mètre.	16	75
Mètre.	25	287

POLITIQUE.

Politique.	18	310
Abdication.	1	10
Abus.	1	59
Administration.	1	161
Affiliation.	1	183
Affranchissement.	1	192
Amnistie.	2	68
Amovible.	2	98
Anarchie.	2	140
Apostasie.	2	298
Arbitraire.	2	378
Aristocratie.	3	72
Asile.	3	215
Assemblées représentatives.	3	234
Association.	3	243
Cabale.	5	66
Capitales.	5	249

POLITIQUE, SUITE.

	Tomes.	Pages.
Censure	6	88
Charte	6	240
Clémence	7	135
Climat	7	151
Colonies	7	256
Confédération germanique	8	103
Constitution	8	183
Délation	9	284
Démocratie	9	296
Despotisme	10	12
Devoirs	10	48
Dictature	10	53
Dignité	10	152
Diplomatie	10	167
Droits	10	349
Economie	11	80
Education militaire	11	138
Election	11	197
Etat naturel	12	129
Féodalité	12	363
Garde nationale	13	250
Gouvernement	13	361
Inquisition	14	280
Journal	14	373
Jury	14	394
Législateur	15	59
Liberté	15	106
Liberté de la presse	19	58
Lois	15	195
Lois de lèse-majesté	15	310
Lois organiques	17	238
Magistrat, Magistrature	15	276
Ministère public	16	177

POLITIQUE, SUITE.

	Tomes.	Pages.
Mœurs.	16	206
Monarchie..	16	219
Monuments.	16	256
Noblesse.	17	73
Opinion publique..	17	203
Pairie.	17	278
Parlement.	17	346
Partis.	17	366
Pétitions.	18	139
Peuples.	18	143
Police..	18	296
Popularité.	18	357
Prérogative..	19	46
Président.	19	54
Prisons.	19	99
Privilège..	19	112
Proscriptions.	19	186
Publicité.	19	223
Récompenses.	19	311
Réjouissances publiques.	19	356
Remontrances.	20	7
République.	20	40
Résistance.	20	58
Responsabilité.	20	66
Restauration.	20	82
Révolution.	20	115
Royauté..	20	209
Sacre.	20	235
Sapeurs-pompiers.	18	237
Sénat.	21	63
Serment..	21	92
Société..	21	155
Sociétés secrètes..	21	168

POLITIQUE, SUITE.	Tomes.	Pages.
Souveraineté.	21	257
Sûreté.	21	357
Télégraphe.	22	14
Théocratie.	22	109
Titres et décorations.	22	179
Tolérance.	22	196
Tombe, Tombeau.	22	201
Torys, Wighs, Radicaux.	22	238
Traite des Nègres.	22	285
Traités.	22	295
Tranquillité publique.	22	304
Tyrannie.	22	447
Vénalité.	23	87
Vigilance.	23	209
Vote.	23	326

Voyez l'*Administration*, l'*Economie politique* et la
Lexicologie.

PSYCHOLOGIE.

Psychologie.	19	216
Action.	1	144
Activité.	1	152
Ame.	2	32
Ame intelligente.	2	32
Amitié.	2	62
Amour de soi.	2	86
Curiosité.	9	158
Facultés.	12	293
Idée.	14	199
Mémoire.	16	28
Raison.	19	295
Volonté.	23	305

Voyez la *Philosophie*.

Q.

	Tomes.	Pages.
Q. (Grammaire et Antiquités)	19	245

R.

R. (Antiquités , Grammaire et Numismatique). . .	19	275

RELIGION.

	Tomes.	Pages.
Religion.	19	365
Abbaye.	24	1
Ablution.	1	34
Absolution.	1	48
Abstinence , jeûne.	1	53
Abyssins.	1	70
Adonaï	24	51
Agapes.	1	215
Albigeois	1	289
Amulette.	2	118
Anabaptistes.	2	119
Anathème.	2	144
Ange.	2	179
Ante-Christ	2	256
Antipapes.	2	274
Apocalypse.	2	290
Apocryphes, Livres.	24	179
Apologétique.	24	181
Apostasie.	2	298
Apôtre.	2	305
Arche d'alliance.	3	24
Arche de Noé.	3	26

RELIGION, SUITE.

	Tomes.	Pages.
Arianisme.	3	58
Autel.	24	281
Auto-da-fé.	24	283
Baal.	24	288
Baptême.	4	63
Bénédiction.	4	222
Bible.	4	236
Blasphème.	4	295
Bulle.	5	47
Canon.	5	234
Cardinaux.	5	305
Carême, quadragésime	5	307
Casuistes.	6	25
Catéchisme.	6	54
Catéchumènes.	6	54
Catholicité.	6	55
Chapitre.	6	205
Chrême.	7	18
Christianisme.	7	19
Ciel.	7	55
Circoncision.	7	63
Clergé.	7	138
Cloître.	7	156
Communautés ecclésiastiques.	24	399
Concile.	8	71
Conclave.	8	75
Confession.	8	110
Confession d'Augsbourg.	24	272
Confirmation.	8	111
Culte.	9	127
Décalogue.	9	215
Décret.	9	244
Démon, Démons.	9	299
	8	

RELIGION, SUITE.	Tomes.	Pages.
Dieu.	10	88
Druidisme.	10	357
Edda.	11	124
Ermite.	12	91
Eternité.	12	162
Evangile et Evangéliste.	12	212
Evocation.	12	223
Excommunication.	12	246
Expiation.	12	277
Fêtes.	12	385
Hérésies.	14	37
Hiérarchie.	14	55
Idolâtrie.	14	202
Indulgences.	14	245
Inquisition.	14	280
Jansénisme.	25	219
Jubilé.	14	376
Judaïsme.	14	377
Légendes.	15	56
Libertés gallicanes.	15	116
Liturgie.	15	165
Livres saints.	15	168
Mages.	15	269
Mahométisme.	15	295
Martyrs, Martyrologie.	15	406
Messie.	16	71
Métempsychose.	16	103
Ministres des cultes ou prêtres.	16	184
Missions, Missionnaires.	16	201
Moine, Monastère, Couvent.	24	1
Ordres religieux.	17	225
Paganisme.	17	274
Pape, Papauté.	17	295

(115)

RELIGION, SUITE.

	Tomes.	Pages.
Paradis, Enfer.	17	322
Pénitents et confréries.	18	71
Pragmatiques-sanctions.	19	26
Prédication.	19	36
Prières.	19	85
Prophètes et Prophéties.	19	162
Proscriptions.	19	186
Providence.	19	200
Quakérisme.	19	251
Réforme religieuse.	19	329
Reliques.	19	376
Résurrection.	20	95
Révélation.	20	103
Sacrements.	20	239
Sacrifice.	20	249
Sacrilège.	20	251
Saints.	20	270
Schisme.	20	364
Séminaires.	21	57
Superstition.	21	352
Temple, Templiers.	25	445
Templiers ou Chrétiens joannites.	22	33
Théologie, Théologiens.	22	128
Théophilanthropie, Théophilanthropes.	22	136
Tiare.	22	159
Tombe, Tombeau.	22	201
Unitairianisme.	22	455
Vertu.	23	165

Voyez la *Théologie*.

RÉVOLUTIONS DU GLOBE.

Révolutions du globe.	20	126

RÉVOLUTIONS DU GLOBE, SUITE.	Tomes.	Pages.
Terre.	22	60

Voyez la *Géologie*.

RHÉTORIQUE.

	Tomes.	Pages.
Rhétorique.	20	126
Antonomase.	24	170
Tropes.	22	363

Voyez *Eloquence*, *Littérature* et *Logique*.

S.

	Tomes.	Pages.
S. (Grammaire et Antiquités)	20	232

SCIENCES.

	Tomes.	Pages.
Sciences.	21	5
Sciences morales et religieuses. Voyez Philosophie..	18	157
Dictionnaire.	10	57
Encyclopédie.	11	347
Institut.	14	296

SCIENCES NATURELLES.

	Tomes.	Pages.
Matière.	15	421
Nomenclature.	17	86

STATISTIQUE.

	Tomes.	Pages.
Clergé français.	7	146
Mortalité..	16	287
Naissance.	17	3
Population.	18	362

STÉNOGRAPHIE.

	Tomes.	Pages.
Sténographie.	21	297
Tachygraphie.	21	400

T.

T. (Grammaire et Antiquités)	21	388

TECHNOLOGIE.

Technologie.	21	464
Abeilles.	1	25
Acétates.	1	111
Acides.	1	131
Acier.	1	135
Affineur.	1	185
Affûtage.	24	54
Agate.	1	218
Aiguilles.	1	259
Air.	1	274
Ajusteur.	1	280
Alambic.	1	281
Albâtre.	1	287
Alcali.	1	294
Alcalimètre.	1	295
Alcarazas.	1	295
Alcool.	1	297
Alênier.	1	301
Aliments.	1	319
Alliage.	1	345
Allumettes.	1	352
Alun.	1	357
Amadou.	2	1

TECHNOLOGIE, SUITE.	Tomes.	Pages.
Amalgamation.	2	2
Amalgame.	2	3
Amandes.	2	5
Ambidextre.	2	16
Ambre gris.	2	20
Ambre jaune.	2	20
Améthyste.	2	52
Amiante.	2	54
Amidonnier.	2	57
Ammoniaque.	2	67
Anacarde.	2	124
Ananas.	2	139
Anchois.	2	159
Ancre.	2	174
Animaux.	2	220
Anis	2	230
Anneaux.	2	243
Antimoine	2	273
Apocyn.	2	291
Appareils.	2	311
Apprentissage.	2	324
Apprêteur, Apprêt.	2	325
Arbres.	3	1
Arçonneur.	3	45
Ardoisier.	3	47
Argenteur.	3	54
Armature.	24	195
Armurier.	3	124
Aromates.	3	126
Arquebusier.	3	130
Arrimeur.	3	137
Art d'épurer les eaux.	11	21
Art de travailler et d'imiter l'écaille.	11	40

TECHNOLOGIE, SUITE.

	Tomes.	Pages.
Artificier.	3	158
Artisan.	3	163
Arts et métiers.	3	187
Assainissement.	3	225
Assemblage.	24	232
Assembleur.	3	243
Atelier.	3	290
Autoclave.	3	336
Automates.	3	337
Aviceptologie.	3	355
Azur.	3	365
Balancier.	24	289
Batteur d'or, d'argent et de cuivre.	4	180
Bijoutier.	4	268
Bimbelotier.	4	271
Blanchîment.	4	288
Blanchisseur.	4	289
Bleu.	4	296
Bluterie.	4	300
Bois.	4	320
Bois à brûler.	4	323
Boisselier.	4	325
Boucher.	4	336
Boulanger.	4	349
Bourrelier.	4	356
Boutonnier.	4	367
Boyaudier.	4	368
Brique.	5	24
Briquetier, Tuilier, Carrelier.	5	28
Brocheur.	5	32
Bronzer.	5	36
Brunisseur.	5	42
Burin.	5	58

TECHNOLOGIE , SUITE.

	Tomes.	Pages.
Calandreur	5	96
Calorifère	5	134
Camphre	5	171
Carbonates artificiels	5	299
Cardeur	5	301
Cardier	5	303
Carreleur	5	322
Carrière	5	323
Cartier	5	354
Cartonnier	5	357
Catisseur	6	56
Céruse	6	130
Chaînetier	6	158
Chamoiseur	6	185
Chandelier	6	192
Chapelier	6	203
Charcutier	6	211
Charron	6	227
Chaudronnier	6	267
Chauffage à la vapeur	6	268
Chemins de fer	24	374
Cheminée	6	286
Chocolatier	7	3
Cidre	7	50
Cire à cacheter	7	84
Ciseleur	7	96
Clarification	7	122
Cloutier	7	156
Colles	7	216
Combustible	7	339
Communautés d'arts et métiers	8	16
Confiseur	8	111
Conservatoire des Arts et Métiers	8	168

TECHNOLOGIE, SUITE.

	Tomes.	Pages.
Cordier	8	303
Cordonnier	8	304
Corroyeur	8	325
Coutelier	8	358
Couverturier	8	360
Couvreur	8	361
Crayons	9	6
Criblier	9	21
Cuisine	9	117
Cuisson	9	121
Cultivateur	9	145
Cylindres	9	175
Damas , Damasquineur	9	198
Décatisseur	9	218
Décorateur	9	239
Décreusage	9	246
Dégraisseur	9	272
Dentelle	9	316
Dessuintage	10	34
Distillateur	15	145
Distillation	10	221
Doreur sur bronze	10	291
Dorure	24	482
Draps feutrés	24	482
Eaux distillées	11	23
Ebéniste	11	31
Ecarrisseur	11	41
Eclairage au gaz	13	269
Emailleur, Emaux	11	305
Emballeur	11	312
Encaqueur	11	324
Encaustique	11	325
Encolleur	11	340

TECHNOLOGIE, SUITE.

	Tomes.	Pages.
Encre	11	343
Encre de la Chine	11	345
Enduit	11	362
Enlumineur	11	388
Epiceries	12	3
Epinglier	12	35
Essayeur	12	108
Etamage, Etameur	12	127
Etoffes	12	169
Etuve	12	198
Fabricant de boîtes	4	328
Fabricant de couleurs	8	342
Fabricant de ressorts	20	80
Fabrication des draps	10	328
Faux	12	345
Fayencier, Fayence	12	347
Fécule	12	347
Fer	12	373
Fer-blanc	12	377
Feutrage	25	69
Fiel de Bœuf	13	1
Filature	13	11
Filtre	13	17
Flint-glass	13	31
Fondeur, Fonderies	13	77
Fontainier	13	90
Forgeron	13	111
Forges	13	112
Foulonnier	13	150
Fournier	13	152
Fromage	13	191
Fumiste	13	213
Gantier	13	246

TECHNOLOGIE , SUITE.	Tomes.	Pages.
Gélatine.	13	273
Glaces.	13	337
Herbier	14	35
Herboriste.	14	37
Huiles.	14	155
Hydrocérames.	14	174
Incendie.	14	232
Incubation.	14	235
Industrie.	14	247
Ivoire.	25	214
Jaugeage.	14	364
Joaillier.	14	372
Laines.	15	7
Laminoir.	15	14
Lampes.	15	16
Laque.	15	52
Légumes	15	68
Lessive.	15	79
Levain, Levûre.	15	99
Libraire.	15	125
Liège.	15	131
Limes.	15	136
Lingère , Lingerie.	15	142
Liquoriste , liqueurs.	15	145
Lut.	15	235
Machines.	15	254
Machines à draguer.	10	316
Machines à repasser.	20	34
Machines à vapeur.	23	42
Maîtrises et jurandes.	15	309
Marbres.	15	358
Maréchal.	15	372
Mécanicien , Machiniste.	16	1

TECHNOLOGIE, suite.

	Tomes.	Pages.
Mégissier.	16	21
Menuisier.	16	49
Métiers.	16	115
Mines.	16	166
Miroitier.	16	199
Moteur.	16	301
Moulins.	16	308
Orfèvre.	17	237
Ouvrages en nacre.	17	3
Papeterie.	17	309
Parchemin, Parcheminier..	17	339
Parfumeur.	17	345
Parquet.	17	354
Passementerie.	17	366
Pastel, Indigo.	17	374
Pâtissier.	17	381
Paveur.	17	389
Pêche, Pêcherie..	18	15
Peignage de la laine.	18	25
Peintre en bâtiments.	18	38
Peinture sur verre.	23	135
Pelleteries, Pelletier.	18	55
Perle.	18	104
Perruquier.	18	110
Pierres précieuses.	18	193
Placage.	18	211
Plaqué, Plaqueur.	18	241
Plombier.	18	248
Porcelaine.	18	366
Potier, Poterie.	19	6
Poudre.	19	11
Préparation et conservation des animaux.	21	459
Prussiates.	19	210

TECHNOLOGIE, suite.	Tomes.	Pages.
Puits..	19	226
Puits artésiens	24	210
Pyrotechnie.	19	239
Raffinage du sucre.	21	338
Raffinerie...	19	286
Régulateur..	19	349
Relieur.	19	362
Résine.	20	55
Restauration des Tableaux.	20	88
Rouissage.	20	197
Rubannier.	20	217
Sablier.	20	234
Salaisons.	20	285
Sciage mécanique, Scies.	21	1
Séchoir.	21	34
Sellier-Carrossier.	21	39
Serrurerie.	21	102
Silos.	21	133
Sirop.	21	152
Soie, Ver à soie, Etoffes de soie.	21	179
Soude.	21	232
Souterrains.	21	250
Sparte, Sparterie.	21	269
Sucre de cannes.	21	334
Sucre de betteraves.	21	336
Tabletier.	21	399
Taille des Cristaux.	9	42
Tailleur.	21	435
Tamis.	21	442
Tannerie.	21	445
Tapisserie.	21	449
Teinture.	22	4
Tisserand.	22	172

TECHNOLOGIE, SUITE.

	Tomes.	Pages.
Toiles.	22	188
Tonnelier.	22	212
Tourbe.	22	251
Tournesol.	22	253
Tourneur.	22	254
Traiteur, Aubergiste, Restaurateur.	22	303
Tréfilerie, Tréfileur.	22	324
Trempe.	22	326
Tricot.	22	356
Tuilerie.	22	390
Typographie.	22	434
Usines.	23	5
Vannier.	23	39
Véhicules à roues.	23	82
Vermicellier.	23	123
Vernis.	23	125
Verrerie.	23	140
Vinaigre.	23	239
Vis à bois, Vrilles.	23	241
Vitrier.	23	245

TENUE DES LIVRES.

Comptabilité.	8	55
Comptable.	8	61

THÉOLOGIE.

Théologie.	22	128
Acception de personnes.	24	26
Frères Moraves.	16	282
Mysticisme.	16	353
Paradis, Enfer.	17	322

THÉOLOGIE, SUITE.

	Tomes.	Pages.
Pères de l'Eglise.	18	90
Théologiens.	22	128
Tradition.	22	258
Vœu.	23	254

THÉRAPEUTIQUE.

Thérapeutique	22	144
Analeptiques	24	161
Astringents.	24	244
Caustiques.	24	367
Digitale.	24	467
Emétique	25	23
Médicaments.	16	15
Méthode endermique.	25	25
Stimulants	21	303
Tartre stibié.	25	439
Voyez la *Médecine*.		

TOXICOLOGIE.

Arsenic.	24	198
Poison.	18	267

U.

U. (Grammaire et Antiquités).	22	452

V.

V. (Grammaire, Antiquités et Musique) . . .	23	19

	Tomes.	Pages.

W.

	Tomes.	Pages.
W. (Grammaire et Antiquités).	23	336

X.

X. (Grammaire , Antiquités et Econ. Rustique)...	23	338

Y.

Y. (Grammaire et Antiquités)	23	339

Z.

Z. (Grammaire et Antiquités).	23	344

ZOOLOGIE.

Zoologie.	23	356
Bimanes.	4	270
Bois.	4	324
Circulation.	7	70
Digestion.	10	139
Monotrèmes.	16	239
Mouton.	16	314
Mue.	16	323
Musaraigne	16	329
Myrmécophage.	16	345
Pachydermes.	17	272
Plume.	18	253
Poils.	18	265

ZOOLOGIE, SUITE.	Tomes.	Pages.
Poissons.	18	280
Polypiers	18	328
Renard.	20	21
Reptiles.	20	35
Rhinocéros.	20	131
Sirène.	21	150
Taupe.	21	457

Voyez les articles de l'*Histoire naturelle*, de l'*Anatomie* et de la *Physiologie animale*.

9

TABLE DES MATIÈRES.

	Pages.
Préface	5
Classification des matières	7
A.	11
AGRICULTURE.	11
Economie rurale.	42
Horticulture.	68
ALCHIMIE.	13
ALGÈBRE.	13
ANTIQUITÉS.	15
Antique et Moderne.	18
Archéologie.	18
Mythologie.	97
Numismatique.	98
ARCHITECTURE.	18
Ordres d'architecture.	99
Construction.	37
ARITHMÉTIQUE.	21
ARMÉE DE TERRE.	21
Artillerie.	22
Art militaire.	23

	Pages.
ARTS.	22
Art de monter à cheval.	23
Art dramatique.	23
ASTROLOGIE.	24
ASTRONOMIE.	24
B.	26
BEAUX-ARTS.	26
Dessin.	37
BELLES-LETTRES.	27
BIBLIOGRAPHIE.	28
BLASON.	28
C.	32
CHASSE.	32
CHIMIE.	32
Chimie appliquée.	35
CHIRURGIE.	35
Anatomie.	14
CHRONOLOGIE	36
COMMERCE.	36
Tenue des livres.	126
COSMOGONIE.	37

Pages.

COSMOLOGIE..   37

D..   37

DROIT.   38
JURISPRUDENCE.   70
LÉGISLATION.   72

E..   40

ÉCONOMIE DOMESTIQUE   40
ÉCONOMIE POLITIQUE.   50
ÉCONOMIE SOCIALE   42

F..   43

FINANCES   43

G..   43

GÉNIE CIVIL.   43

GÉOGRAPHIE.   44
Géographie physique.   48

GÉOMÉTRIE   49

GRAMMAIRE   51
Grammaire générale   52

GYMNASTIQUE.   52

H.   52

HISTOIRE   53

	Pages.
HISTOIRE NATURELLE.	57
Minéralogie.	92
Géologie	49
Botanique.	28
Zoologie.	128
Anatomie	14
Physiologie générale.	103
Physiologie végétale	104
Physiologie animale.	103
HYDRAULIQUE.	68
Hydrodynamique	68
Hydrostatique.	68
I.	69
IMPRIMERIE.	69
INDUSTRIE.	69
INSTRUCTION PUBLIQUE.	70
J.	70
K.	72
L	72
LEXICOLOGIE.	76
LIEUX DESTINÉS A LA SÉPULTURE.	76
LITTÉRATURE.	76
Poésie	107
Eloquence.	43
Rhétorique.	116
M.	79

(135)

	Pages.
MAGIE.	79
MARINE.	79
MATHÉMATIQUES.	83
Analyse.	13
MÉCANIQUE.	84
Horlogerie.	68
MÉDECINE.	85
Médecine légale.	91
Thérapeutique.	127
Pharmacie.	99
Pharmacologie.	99
Toxicologie	127
Hygiène.	69
Hygiène publique.	69
Médecine vétérinaire.	91
MUSIQUE.	95
N.	98
NAVIGATION INTÉRIEURE.	98
O.	98
P.	99
PHILOSOPHIE.	99
Logique	78
Métaphysique.	91
Psychologie.	111
Morale	93
PHYSIQUE.	104
Physique terrestre.	107
Météorologie.	92

FIN DE LA TABLE.

www.ingramcontent.com/pod-product-compliance
Lightning Source LLC
Chambersburg PA
CBHW051551280626
47162CB00021B/1675